Luca & Vanessa:
Ziemlich beste Feindinnen

Hortense Ullrich

BEST FRIENDS FOREVER

Luca & Vanessa: Ziemlich beste Feindinnen

Planet Girl

Hortense Ullrich hat über 60 Bücher für Kinder und Jugendliche geschrieben, von denen es 140 Übersetzungen in 25 Sprachen gibt; mit einer Gesamtauflage von über 4 Millionen Exemplaren. Zuvor hat sie als Journalistin und Drehbuchautorin gearbeitet. Acht Jahre verbrachte sie mit ihrem Mann und ihren beiden Töchtern in New York. Heute lebt sie mit ihrer Familie in Bremen.

Weitere Titel in der Reihe »Best Friends Forever«:

Hortense Ullrich:	Luca & Vanessa: Plötzlich Schwestern!
Bianka Minte-König:	Du & ich – für immer?
	Du & ich – gegen den Rest der Welt

Mehr über unsere Bücher, Autoren und Illustratoren auf:
www.planet-girl-verlag.de

Luca

»Mein Leben ist zu Ende! Und alles nur wegen dir!«, fauchte Vanessa.

»Meinst du nicht, wir sollten das mit den gegenseitigen Anschuldigungen jetzt mal lassen?« Luca war mindestens genauso wütend. »Wir hatten uns bereits geeinigt, dass es die Pest ist, miteinander unter einem Dach zu leben. Jetzt geht es einfach nur darum, wie wir das beenden.«

Doch Vanessa hörte gar nicht zu, sie lamentierte: »Fahrrad! Dein Vater hat meine Mutter dazu gebracht, von mir zu verlangen, dass ich mit dem Rad in die Schule fahre! Das geht gar nicht!«

»Ich hab schon von Fällen gehört, da hat das tatsächlich geklappt«, meinte Luca spöttisch. »Moment mal, ich kenne sogar Leute, die öfter mit dem Rad fahren, die kann ich dir ja mal vorstellen.«

Doch darauf ging Vanessa gar nicht ein. Sie war noch zu sehr mit der Vorstellung eines Schreckensszenarios beschäftigt.

»Und womöglich erwartet sie auch, dass ich das Fahrrad benutze, wenn ich in die Stadt will! Das ist so entwürdigend! So gewöhnlich!«

Luca grinste und goss Öl ins Feuer. »Ich glaub nicht, dass du noch oft in die Stadt fahren wirst, nachdem sie dir eben mitgeteilt haben, dass sie dein Taschengeld auf einen Betrag festlegen werden, mit dem du auskommen musst – und du auch keinen Zuschuss mehr bekommst, wenn du in der ersten Woche des Monats schon alles ausgegeben hast.«

»Das freut dich wohl!«, rief Vanessa wütend.

»Ja.« Luca nickte lächelnd. »Das wirst du nämlich nicht schaffen.«

»Natürlich werde ich es *nicht* schaffen! Das ist ja wohl die Idee, die dahintersteckt: mich unglücklich zu machen! Und ich weiß, dass das auf dem Mist von deinem Vater gewachsen ist. Für meine Mutter war Geld nie ein Thema.«

Luca widersprach: »Doch. Sie hatte nur keinen Erfolg damit. Weil es dir egal ist, was sie sagt, und du eh machst, was du willst.«

»Sicher! Was denn sonst?« Dann fiel Vanessa noch etwas ein: »OMG! Wie soll ich bloß meinen BFFs beibringen, dass ich jetzt arm bin?«

Luca sah Vanessa müde lächelnd an. »Du hast wirklich Probleme!«

»Das kannst du doch überhaupt nicht beurteilen. Du

hast ja keine Freundinnen. Für mich ist das ein Problem, sogar ein großes!«

»Dann musst du vielleicht die Wahl deiner Freundinnen überdenken.«

»Sag mal, was soll das hier werden? Ich lass mir doch von dir keine Vorträge halten!«

»Ist bei dir sowieso verlorene Zeit und Mühe.«

»Also, dann lass es! Für dich ändert sich ja nichts.«

»Entschuldige mal! Ich hab hier den deutlich schlechteren Deal gemacht. Hast du nicht gehört, was die beiden gesagt haben? Deine Mutter hat meinen Vater dazu gebracht, unsere Wohnung und sein Atelier aufzugeben. Ich hab mein Zuhause verloren und muss in diesem Protzhaus mein Dasein fristen.«

»Also damit bin *ich* ja wohl noch mehr gestraft. Denn ich hab jetzt einen Underdog an der Backe!«

»Einigen wir uns doch einfach darauf, dass wir beide uns absolut nicht ausstehen können und die Situation grauenvoll finden.«

Wütend stapfte Luca die Treppe der eleganten, luxuriösen Villa hoch. Vanessa folgte ihr wutschnaubend.

Luca seufzte und sagte: »Lass uns darüber nachdenken, wie wir das gemeinsame Elend hier zu einem Ende bringen.«

Vanessa blickte Luca immer noch ärgerlich an, nickte aber und meinte: »Okay.«

Oben angekommen ging Luca zu ihrem Zimmer. Vor

ihrer Zimmertür fiel ihr auf, dass Vanessa ihr gar nicht gefolgt war, sondern den Flur entlang zu ihrem Wohnbereich gelaufen war. Dort stand sie nun, sah feindselig zu Luca und meinte: »Was ist? Ich denke, wir müssen reden!«

»Ja«, gab Luca zurück. »Da denkst du ausnahmsweise mal richtig.«

»Also«, meinte Vanessa ungerührt, »dann komm jetzt hierher. Wir reden selbstverständlich bei mir.«

Kurz überlegte Luca, ob sie darauf bestehen sollte, dass man sich in ihrem Zimmer traf, aber dann gab sie nach. Das war die Diskussion nicht wert. Sie hatten ein viel größeres Problem zu lösen. Luca ging zu ihr. Dass Vanessa ihren Wohnraum »Zimmer« nannte, war die Untertreibung des Jahrhunderts. Sie bewohnte eine Suite, die aus einem Wohnzimmer, einem Schlafzimmer, einem Ankleidezimmer und einem Badezimmer bestand. Vanessas »Zimmer« war etwa so groß wie Lucas bisherige Wohnung, in der sie mit ihrem Vater gelebt hatte, bevor er Britta, die Mutter von Vanessa, kennengelernt hatte. Luca hatte sich, als sie in das große, feudale Haus der Schmidts gezogen war, eines der Gästezimmer ausgesucht. Unter Protest und, wie sie glaubte, nur vorübergehend. Sie war ziemlich sicher, dass ihr Vater auf Dauer einsehen würde, dass sie beide nicht in die Welt der Reichen und Schönen gehörten, sondern in kürzester Zeit wieder in ihre gemütliche Atelierwohnung zurückziehen würden. Denn so war es ja auch ausgemacht: nur ein Test, ein Versuch, um zu sehen, ob die Beziehung zwischen Vanessas Mutter und ihrem Vater wirklich von Dauer sein könnte und sich ihre beiden Töchter verstanden. Und ganz schnell stellte sich heraus: Luca und Vanessa würden niemals Freundinnen werden. Es war Feindschaft auf den ersten Blick.

Lucas Vater Paul war Maler; ihre Mutter war, als Luca zwei Jahre alt war, gestorben. Im Laufe des Zusammenlebens mit ihrem Künstler-Vater hatte Luca, als sie älter wurde, die Regie in ihrem gemeinsamen Leben übernommen, was nötig war, denn ihr Vater war verträumt, unorganisiert und unpünktlich.

»Ich bin ›alleinerziehende Tochter‹«, stöhnte sie gelegentlich. Schon früh hatte sie damit aufgehört, ihren Vater Papa zu nennen – sie war der Meinung, er sei mehr ein Paul als ein Papa. Ihr ganzes Leben lang hatte sie mit ihm im bunten Szeneviertel der Stadt gelebt, das sie sehr liebte und wo sie sich zu Hause fühlte. Bis er Brittas Mutter, eine reiche Galeristin, kennengelernt hatte. Britta war geschieden und wohnte mit ihrer Tochter Vanessa im Villenviertel der Stadt. Britta und Paul hatten gehofft, dass ihre beiden Einzelkinder sich über eine gleichaltrige Schwester freuen würden. Und Luca und Vanessa hatten gehofft, dass ihre Eltern zur Vernunft kommen und selbst einsehen würden, dass ihre Welten unvereinbar waren. Ebenso wie die Persönlichkeiten ihrer Töchter.

Vanessa ließ sich theatralisch auf ihr teures Sofa fallen und stöhnte: »Also, lass hören!«

Luca ärgerte sich. Wieso saß Vanessa da wie eine Königin, die sich von ihren Untergebenen Vorschläge machen ließ? Sollte sie doch auch mal nachdenken! Aber Luca schluckte ihren Ärger runter. Sie hatte ein Ziel vor Augen und das wollte sie nun dringender denn je erreichen.

Sie musste noch ein paarmal tief durchatmen, dann setzte sie sich auf einen der Sessel und sagte: »Mit Vernunft und Argumenten sind wir ja bisher bei unseren Eltern nicht weitergekommen. Also ist jetzt List und Tücke angesagt.«

An dieser Stelle richtete sich Vanessa auf. Das schien sie zu interessieren.

»Du bist echt bereit, etwas gegen deinen ach so heiß geliebten perfekten Papi zu unternehmen?«

Luca biss sich auf die Lippen. Auf Vanessas spöttischen Ton wollte sie nicht eingehen. Sie musste noch vor sich selbst rechtfertigen, dass sie das, was sie vorhatte, moralisch vertreten konnte.

»Paul hat den ultimativen Verrat begangen, als er einfach, ohne mit mir darüber zu reden, unsere Wohnung aufgegeben und mich vor vollendete Tatsachen gestellt hat. Das kommt einer Kriegserklärung gleich.« Sie nickte, um vor sich ihre eigenen Worte noch einmal zu bestätigen. Ja, sie war im Recht. Ihr Vater hatte nicht mehr ihre Interessen im Sinn, wenn er Entscheidungen traf, sondern nur seine. Oder die von Vanessas Mutter. Er hatte dem gemeinsamen Leben mit seiner Tochter ein Ende bereitet.

»Der Plan ist ganz einfach: Wir müssen die beiden wieder auseinanderbringen. Abgesehen davon, dass sie nicht zueinander passen, zerstören sie das Leben ihrer Töchter.«

Vanessa hatte sich inzwischen vorgebeugt und nickte heftig. »Sehr gut!«

Luca stand auf und begann herumzulaufen. Sie sagte jedoch nichts.

»Was soll das Rumgerenne?«, fragte Vanessa irritiert.

»Ich kann besser denken, wenn ich mich bewege.«

»Dann beweg dich schneller, vielleicht kannst du ja dann auch schneller denken.«

»Was führt zu einer Trennung? Also welche Gründe?«

»Geld. Meist, wenn es zu wenig ist.«

»Verschiedene Weltanschauungen.«

»Andere Frauen, beziehungsweise Männer.«

»Berufliche Veränderungen.«

»Alkohol?«

»Keiner von beiden trinkt.«

»Streit wegen der Kinder?«

»Na, in unserem Fall offensichtlich nicht. Die verbünden sich sogar gegen uns.« Luca sah Vanessa auffordernd an. »Schreib mal mit.«

Vanessa machte ein empörtes Gesicht. Doch Lucas Blick blieb eisern.

»Na gut«, gab Vanessa nach, zückte ihr Handy und notierte. »Ich hab das bessere Gerät, mit deinem kannst du ja kaum telefonieren.«

Luca ließ es ihr durchgehen, es stimmte zwar nicht, aber es war Vanessa eben wichtig, darauf hinzuweisen, dass sie immer das Beste, Neueste, Schönste hatte.

»Zeig mal, was hast du bisher?«

Vanessa hielt Luca ihr Handy hin. Luca checkte die Liste.

»Womit können wir arbeiten?«

Vanessa las ebenfalls und meinte dann: »Andere Frauen.« Sie klang bitter. Doch bevor Luca nachfragen konnte, fuhr Vanessa in neutralem Ton fort: »Meine Mutter neigt zur Eifersucht.«

»Generell? Also auch unbegründet? Flippt sie sofort aus, wenn eine andere Frau auftaucht? Oder nur ein bisschen?«

»Sie versucht, vernünftig zu bleiben, aber sie wird nervös, wenn sich zu viele Frauen um Paul scharen.«

»Woher weißt du das?«

»Ich hab Augen im Kopf. Was machst *du* denn, wenn wir bei Ausstellungseröffnungen sind?«

»Ich schau mir die Bilder an.«

»Siehst du, und ich beobachte Leute.«

Luca grinste. »Wie gut, dass wir verschiedene Interessen haben.« Dann fragte sie sachlich: »Also, du meinst, das wäre ein Ansatzpunkt?«

»Ja. Schließlich hat sie meinen Dad wegen einer anderen Frau verloren. Da ist sie sehr empfindlich. Sie wird reagieren.«

Wieder hatte Luca kurz den Impuls, sich bei Vanessa nach Einzelheiten zu erkundigen, sie zu fragen, ob die Trennung ihrer Eltern für sie sehr schlimm gewesen war, aber das war ihr dann doch zu persönlich und vor allem war es nicht ihre Baustelle. Ging sie nichts an.

Vanessa fuhr fort: »Und jetzt, wo dein Vater ja zu Ruhm und Ehren gekommen und somit populär ist, sind bestimmt eine Menge Frauen hinter ihm her. Da könnten wir was draus machen.«

Luca begann wieder im Kreis zu laufen. Ihr Vater hatte sich jahrelang als Maler kaum über Wasser halten und sich und seine Tochter gerade so ernähren können. Was beide nie gestört hatte, denn sie waren sehr happy und hatten ein buntes Leben. Durch Brittas Hilfe hatte er nun den Durchbruch geschafft. Verdientermaßen, denn er war wirklich ein begnadeter Künstler. Gleich seine allererste Ausstellung in Brittas Galerie war ein durchschlagender Erfolg gewesen. In der Kunstszene war er nun bekannt, Zeitungen und Magazine schrieben über ihn, er war ein gern gesehener Gast auf wichtigen Veranstaltungen, und Britta war damit beschäftigt, mit Kunstexperten zu verhandeln und weitere Ausstellungen zu organisieren. Paul interessierte der ganze Rummel nicht, er freute sich zwar, aber er verbrachte seine Zeit damit, Bilder zu malen. Malen war sein Leben und nur ungern ließ er sich von Britta aus seinem Schaffen herausreißen, wenn sie ihn für diese oder jene Veranstaltung brauchte oder es darum ging, andere Galeristen oder Journalisten zu treffen.

Paul war schon immer umschwärmt gewesen, er hatte ständig irgendwelche Freundinnen. Nur hatte er nie Interesse an einer festen Beziehung gehabt; es gab früher nur ihn und Luca. Sobald seine Freundinnen gemeinsame Zukunftspläne schmiedeten, ergriff er die Flucht. Leider war das bei Britta anders gelaufen.

Britta eifersüchtig zu machen und so die Beziehung zum Wackeln zu bringen, war womöglich die einzige Chance.

Luca stoppte ihren Lauf und rief: »Ich hab eine Idee! Er hat ja Knall auf Fall unsere Wohnung aufgegeben und wie ich ihn kenne, keinem Menschen seine neue Anschrift mitgeteilt.«

»Und?«

Luca lächelte verschmitzt. »Das werde ich nun tun. Ich werde seinen Verflossenen seine neue Adresse geben und sagen, dass er sich über einen Besuch sicher freuen würde. Dann marschieren hier all seine Exfreundinnen auf.«

Vanessa grinste anerkennend. »Du kannst ja richtig bösartig sein.«

Diese Erkenntnis ernüchterte Luca. Vanessa spürte das wohl, denn schnell schob sie hinterher: »Aber du tust es ja sozusagen aus Notwehr! Immerhin hat dein Vater, ohne dich zu fragen, einfach eure Wohnung gekündigt!«

Luca seufzte. »Ich weiß nicht, ob das wirklich eine so gute Idee ist …«

»Aber ich. Gib mir die E-Mail-Adressen, das übernehme ich.«

Luca überlegte, ob sie dieses Vorgehen etwas weniger schuldig machen würde. Sie kam zu dem Schluss: ja, irgendwie schon.

»Okay. Damit starten wir erst mal«, sagte Vanessa. »Wir lassen sie aber abends antanzen, wenn meine Mutter garantiert zu Hause ist. Und ich will das auch live miterleben.«

Vanessa war nun voller Tatendrang. »Noch weitere Ideen, was wir tun können?«

»Wieso ziehen wir nicht erst mal das durch und warten ab, was passiert?«, schlug Luca vor.

»Gut, dann war's das fürs Erste«, sagte Vanessa in einem Ton, der nahelegte, dass Luca nun wieder gehen sollte.

Luca war etwas verärgert. »Verkneif dir diesen herablassenden Tonfall. Tu nicht so, als hättest du mir eine Audienz gewährt! Wir arbeiten zusammen.«

»Mann, bist du empfindlich! Soll ich dir noch was zu

trinken anbieten oder ein paar Kekse?«, fragte Vanessa spöttisch.

»Wir wollen nicht übertreiben«, meinte Luca und ging.

»Vergiss nicht, mir die Adressen zu mailen«, rief Vanessa ihr hinterher.

Als Luca in ihrem Zimmer war, überkamen sie kurz noch einmal Skrupel, aber dann wischte sie diese beiseite. Ihr Vater hatte damit angefangen. Gnadenlos zog er seine Nummer durch, ohne ihre Gefühle zu berücksichtigen, ja sogar ohne mit ihr auch nur darüber zu reden. Das war früher anders, da hatten sie alles besprochen! Britta hatte sich in eine perfekte Vater-Tochter-Beziehung reingedrängt. Bisher mochte Luca Britta eigentlich ganz gerne. Sie hatte gelernt, über ihr Schickimicki-Aussehen hinwegzusehen. Und wenn man die Äußerlichkeiten ignorierte, war sie wirklich supernett zu Luca und bemühte sich, es ihr hier so angenehm wie möglich zu machen. Gelegentlich nahm sie sie sogar vor Angriffen von Vanessa in Schutz. Das rechnete Luca ihr hoch an. Doch all das spielte nun keine Rolle mehr: Sie hatte ihren Vater dazu gebracht, das gemeinsame Leben mit Luca aufzugeben. Jetzt waren sie Feinde. Damit waren die Fronten geklärt und Luca fühlte sich im Recht, gemeinsam mit Vanessa diesen Plan durchzuziehen. Sie grinste schräg, als sie zu dem Schluss kam, dass die beiden eigentlich sehr zufrieden sein mussten: Vanessa und sie arbeiteten plötzlich zusammen, redeten miteinander und zogen an einem Strang. Das hatten Britta und Paul doch immer gewollt.

Vanessa

Nachdem Vanessa die E-Mails an Pauls Exfreundinnen abgeschickt hatte, warf sie sich aufs Bett und schimpfte. »Mit dem Rad! Meine Mutter spinnt doch!«

Dann setzte sie sich auf. Nein, auf keinen Fall würde sie von nun an Rad fahren. Vanessa hatte allerdings das Gefühl, dass ihre Mutter, auch wenn sie sie anbetteln und heulen würde, nicht nachgeben würde. Also musste sie einen anderen Weg finden. Sie könnte eine ihrer Freundinnen fragen, ob sie bei ihr im Auto mitfahren durfte.

Aber wen? Theresa, die im Haus nebenan wohnte, fuhr mit dem Rad. Annabell, die in der Stadt lebte, ebenfalls. Mona wurde immer gefahren. Aber Vanessa lag nicht auf deren Strecke und sie war sich nicht sicher, ob Monas Mutter diesen Umweg tagtäglich auf sich nehmen würde. Nur Delias Mutter fuhr durch ihre Straße. Das wäre also kein Problem. Aber für Delia wäre es ein Triumph, wenn Vanessa sie um einen Gefallen bitten würde. Ständig spielte Delia darauf an, dass sie in einer heilen Familie aufwuchs. Ihre Eltern waren nach wie vor verheiratet und sie hatte noch eine zwei Jahre ältere Schwester, Selina. Delias Familie war einflussreich und wohlhabend. Ihre Mütter waren befreundet und die Mädchen kannten sich seit der fünften Klasse. Damals war Delia unscheinbar und schüchtern gewesen. Vanessa, schon immer hübsch, aufgeschlossen und beliebt, hatte sich auf Wunsch ihrer Mutter um Delia gekümmert. Inzwischen sah Delia allerdings ebenso gut aus wie Vanessa und war ihre schärfste Konkurrentin geworden.

Nein, Delia kam also auch nicht infrage. Sie musste einen anderen Weg finden. Aber es gab keinen.

Doch, natürlich gab es den!

Vanessa sprang aus dem Bett und suchte nach ihrem Handy. Sie musste jetzt nur die anderen davon überzeugen, dass Radfahren total *in* war und dass jeder, der cool war, ein Rad benutzte. Das würde funktionieren! Da könnte sie auch gleich mal überprüfen, wie es um ihren Einfluss auf ihre besten Freundinnen stand. Vanessa war die Wortführerin der Gruppe, aber Delia bemühte sich seit Längerem um diese Rolle, und von Zeit zu Zeit gelang es ihr auch, die anderen auf ihre Seite zu ziehen.

Vanessa lächelte. Delia würde sie erst mal außen vor lassen, die restlichen Mädels zum Radfahren bringen und wenn alles nach Plan lief, wäre Delia bald die Einzige, die nicht mit dem Rad fuhr. Oder zumindest die

Letzte, die mitmachte. Es würde Delia wurmen, dass sie nicht die Trendsetterin war.

Vanessa hatte ihr Telefon gefunden. Wer wäre das leichteste Opfer?

Annabell. Nein, das konnte sie sich schenken, sie fuhr ja schon mit dem Rad. Annabell war Vanessas größte Bewunderin und das war auch der Grund, weshalb Vanessa sie in ihren exklusiven BFF-Kreis aufgenommen hatte, denn eigentlich passte sie nicht wirklich zu ihnen; sie wohnte in einer Doppelhaushälfte, beide Eltern mussten arbeiten, damit sie sich die teure Privatschule für ihre einzige Tochter leisten konnten, und Annabell hatte oft Schwierigkeiten, mit ihren reichen Freundinnen mitzuhalten.

Theresa. Auch sie war bereits Radfahrerin. Denn ihre Familie war zwar wohlhabend, aber ohne Dünkel und leicht alternativ angehaucht.

Also Mona. Bei Mona würde es nicht so einfach werden, sie vom Radfahren zu überzeugen. Das lag jedoch nur daran, dass Mona superfaul war und die Vorstellung, sich körperlich zu betätigen, würde ihr nicht gefallen. Mona war etwas naiv, aber sie kam aus bester Familie und hatte zwei ältere Brüder, worin Vanessa Vorteile sah. Die Brüder waren ihr egal, aber die beiden gehörten zu Adrians Clique und an ihm hatte Vanessa höchstes Interesse. Deshalb zählte auch Mona zu ihren BFFs.

Schnell wählte sie Monas Nummer. Während es klingelte, überlegte Vanessa, dass sie vielleicht nicht nur verkünden sollte, dass Radfahren *in* war, sondern es sollte auch ein besonderes Rad sein. Sie legte schnell wieder auf und suchte auf ihrem Laptop nach Rädern. Mona rief zurück, aber da Vanessa noch nichts Cooles gefunden hatte, drückte sie den Anruf weg.

Dann entdeckte sie das perfekte Rad: einen Beachcruiser! Super! Das war's. Diese Räder waren bunt, einige hatten Hawaii-Blumen aufgemalt. Die sahen total super aus. Jawohl! So ein Rad wollte sie haben. Dann musste sie auch nicht viel erklären, das Rad würde für sich sprechen. Sie würde es bei ihren Freundinnen auch nicht ankündigen, sondern einfach eines Tages ganz selbstverständlich mit dem Beachcruiser auftauchen und sich darüber wundern, dass die anderen nicht wussten, dass die *in* waren.

Sie wollte schon nach unten laufen, um ihrer Mutter mitzuteilen, dass sie ein neues Rad brauchte, aber dann fiel ihr ein, dass Paul ja auch da war, und auf den hatte sie keine Lust. Vanessa musste mit ihrer Mutter allein sprechen. Sie schrieb ihr eine WhatsApp, ob sie mal zu ihr hochkommen könne.

Kurz darauf erschien ihre Mutter und fragte vorsichtig: »Na, bist du noch sauer auf uns?«

Uns? Würg! So weit war es schon, dass sie nur noch im Plural redete? Aber Vanessa beherrschte sich und lächelte stattdessen.

»Ich wollte noch mal mit dir über die Sache mit dem Radfahren sprechen.«

»Schätzchen, also versteh das nicht falsch, es ist nicht so, dass ich dich nicht gern durch die Gegend fahre, es ist …«

Vanessa unterbrach sie. »Ja, schon klar.«

Verwundert blickte ihre Mutter sie an. »Wirklich? Du bist nicht böse auf mich?«

»Nein. Ich hab nichts gegen Radfahren.«

Vanessas Mutter strahlte. »Oh, Gott sei Dank. Da bin ich froh!«

»Ich auch. Aber ich hab eine Bitte …«

»Ja?«

»Ich brauche ein neues Rad.«

»Ein neues Rad? Du hast ein funkelnagelneues weißes Rad. Das du übrigens so gut wie nie benutzt hast.«

»Das ist ein Hollandrad.«

»Weil du das unbedingt wolltest. Und das ist schon das zweite Rad, das ich dir gekauft habe, weil du meintest, mit dem schwarzen könntest du dich nirgends mehr blicken lassen.«

»Ja, und jetzt sind die eben wieder out. Ich will einen Beachcruiser.«

Vanessa schob ihr den Laptop mit den Abbildungen der Räder hin. Ihre Mutter sah sie sich an, dann lächelte sie. »Die sehen wirklich gut aus.«

Vanessa nickte.

Doch dann schüttelte ihre Mutter den Kopf. »Ich kann dir nicht ständig neue Räder kaufen. Du benutzt sie ja doch nicht.«

»Was denn jetzt? Ich denke, ich soll Rad fahren? Oder hast du deine Meinung geändert?«

»Ja. Also, nein.«

»Gut, dann steht fest, dass ich den Beachcrusier auch nutzen werde.«

»Was ist denn mit dem Rad, das du schon hast?«, fing sie wieder an.

Vanessa setzte einen tieftraurigen Blick auf und schmollte. »Wenn du mich schon zum Radfahren verdonnerst, wieso willst du mir dann nicht diesen kleinen Gefallen tun?«

»Vanessa …«

»Mam!« Sie schluchzte ein wenig. »Du verlangst ganz schön viel von mir! Mein Leben war wunderbar, aber dann schleppst du mir plötzlich eine neue Familie ins Haus und ich soll mich auch noch darüber freuen. Ich bemühe mich ja und versuche, nett zu Luca und freundlich zu Paul zu sein, ich finde mich damit ab, dass du nun kaum noch Zeit für mich hast, aber wenn ich dich mal um eine winzige Kleinigkeit bitte, etwas, womit du mir eine Freude machen könntest, dann lehnst du einfach ab.«

Das schlechte Gewissen stand ihrer Mutter ins Gesicht geschrieben.

Vanessa wusste, dass sie gewonnen hatte. Sie tippte auf den Bildschirm. »Ich hätte gerne das pinke, mit den Hawaii-Blumen.«

Ihre Mutter biss sich auf die Lippen.

Lauernd fragte Vanessa: »Hast du Angst, dass du Ärger mit Paul kriegst, wenn du mal nett zu deiner Tochter bist?«

Empört wies Britta diese Vermutung von sich. Und dann hatte sie es auf einmal eilig, wieder zu gehen. Sie stand auf. Vanessa wunderte sich, aber als ihre Mutter sagte: »Das mit dem Taschengeld steht nicht zur Diskussion. Das bleibt genau so wie ausgemacht«, war ihr klar wieso. Sie hatte wohl Angst, dass es ihrer Tochter gelingen würde, auch hier neue Bedingungen auszuhandeln.

Eigentlich wollte Vanessa echoen: *Ausgemacht? Das habt ihr einfach bestimmt!* Aber dann besann sie sich. Dieses Thema würde sie bei einer anderen Gelegenheit ansprechen. Daher lächelte sie nur und flötete: »Natürlich.«

Ihre Mutter, die offensichtlich eine andere Reaktion erwartet hatte, sah sie verblüfft an. Dann lächelte sie ebenfalls. Erleichtert sagte sie: »Gut, dann sind wir uns ja einig. Über die Höhe reden wir noch. Mach mal eine Aufstellung über deine monatlichen Ausgaben.«

»Ab wann tritt denn diese neue Regelung in Kraft?«

»Ab nächsten Monat.«

Das war noch drei Wochen hin, Vanessa entspannte sich ein wenig. Trotzdem musste sie dafür eine andere Lösung finden.

Britta ging und war schon fast zur Tür raus, da rief Vanessa ihr hinterher: »Aber ich fahre erst mit dem Rad, wenn ich den Beachcruiser habe. So lange musst du mich schon noch chauffieren.«

Ihre Mutter drehte sich um, öffnete den Mund, um etwas zu sagen, dann schloss sie ihn wieder.

»Was?«, meinte Vanessa. »Du kriegst doch deinen Willen. Und auf die paar Tage kommt es ja wohl nun nicht mehr an, oder?«

»Okay«, erwiderte ihre Mutter mit einem leichten Seufzen.

Nachdem ihre Mutter gegangen war, ärgerte sich Vanessa wieder. Taschengeld! Wo gab's denn so was? Und egal wie hoch es ausfallen würde, sie würde sich da keine Vorschriften machen lassen. Hier ging es ums Prinzip. Wieso hatten sie denn Geld, wenn sie es nicht ausgeben durfte?

Sie schlenderte in ihr Ankleidezimmer, um ein Outfit für den nächsten Tag herauszusuchen. In der Privatschule, die Vanessa besuchte, war zwar einheitliche Schulkleidung Pflicht, und im Gegensatz zu Luca, die seit Kurzem auf dieselbe Schule ging, empfand sie es nicht als Frechheit und Bevormundung, sondern als

Auszeichnung, denn dann sahen die Leute sofort, dass man sich eine teure Schule leisten konnte. Aber morgen würde ihr Vater sie abholen, um mit ihr im *Blue Jasmin* essen zu gehen und in Schuluniform wollte sie dort nicht hin. Das *Blue Jasmin*, ein neues Restaurant, hatte auf Anhieb einen Michelin-Stern bekommen und war der Treffpunkt der High Society. Vanessa wählte ein schickes Cocktailkleid, die farblich passenden Schuhe und war sehr zufrieden. Sie wollte ihren Vater beeindrucken, ihm zeigen, dass sie fast schon erwachsen war. Er sollte es cool finden, eine Tochter wie sie zu haben und sehen, wie viel angenehmer es war, Zeit mit ihr zu verbringen als mit seinen beiden neuen Kindern. Sechs und vier Jahre alt – das waren doch noch quäkende Kleinkinder, das musste einfach nervig für ihn sein!

Vanessa fiel ein, dass sie ihren Vater auf die Taschengeld-Sache ansprechen sollte. Sie würde ihn bitten, ihr eine Kreditkarte zu besorgen. Ihr Vater war stets großzügig; das wäre kein Problem. Dann könnte ihre Mutter taschengeldmäßig festlegen, was sie wollte, Vanessas Leben wäre dadurch nicht eingeschränkt.

Ihr nächster Gedanke machte sie jedoch restlos happy: Auch wegen dieser Radfahr-Sache würde sie ihren Vater um Hilfe bitten. Er könnte ihr seinen Fahrer schicken, der sie zur Schule fuhr und wieder abholte. Ja! Ein Chauffeur in Uniform! Besser geht es nicht. Damit würde sie Delia total übertrumpfen!

Das Handy klingelte – Mona rief wieder an. Ihr Gespräch mit Mona hatte sich ja nun eigentlich erledigt, aber sie musste drangehen und sich einen Grund einfallen lassen, wieso sie sie angerufen hatte.

Na ja, vielleicht ließe es sich auch umgehen, überhaupt einen Grund für ihren Anruf zu nennen, denn immerhin handelte es sich ja um Mona.

Vanessa ging ans Telefon und rief fröhlich: »Hallo, Mona! Was gibt's Neues?«

»Ähm, nichts, glaube ich.«

»Alles okay bei dir? Was hast du so gemacht?«

»Wir waren Sushi essen.«

Dann fiel es Vanessa wieder ein: Ihre BFFs hatten sie schmählich hintergangen und sich mit Luca verabredet. Delia hatte das angeordnet und Mona und Annabell dazu überredet. Ausgerechnet in der *White Lounge*, Vanessa Lieblings-Sushi-Laden! Sie änderte den Tonfall ihrer Stimme und sagte ironisch: »Hast du Delia auch um Erlaubnis gefragt, ob du mich anrufen darfst?«

»Oje, hätte ich das tun sollen?«, fragte Mona, das Schäfchen.

Vanessa zögerte. Mona erwartete doch wohl nicht ernsthaft darauf eine Antwort?

»Am besten sagen wir es ihr gar nicht«, schlug Mona vor.

Vanessa stöhnte leise auf und flötete: »Ja, denn ich will ja nicht, dass du wegen mir Ärger bekommst.«

»Das ist lieb von dir!«, rief Mona erfreut. »Wieso hast du mich eigentlich angerufen?«

»Du hast mich angerufen, Mona!«

»Ach ja, stimmt, natürlich.« Sie schwieg eine Weile, dann meinte sie: »Und jetzt hab ich ganz vergessen wieso.«

»Egal. Dann erzähl mir mal, wie euer Treffen mit Luca war.«

»Och, also, ich fand es ja ganz nett, aber Delia hat sich über Luca geärgert. Sie meinte, Luca wäre ziemlich dreist und unverschämt.«

»Das hab ich euch ja gleich gesagt!«

Eigentlich musste sich Vanessa gar nicht erkundigen, wie das Treffen gelaufen war, denn sie war ihnen heimlich gefolgt und hatte sie beobachtet. Daher wusste sie schon alles.

»Ach ja«, rief Mona dann aufgeregt. »Und weißt du was?«

»Nein. Was?«

»Adrian kam dann auch noch. Und er hat mit Luca geflirtet. Also, ich glaube das war Flirten. Ich bin mir nicht ganz sicher, da kenn ich mich nicht so gut mit aus.«

Ja, und die Frage war, ob Mona sich je damit auskennen würde, wenn es um Jungs ging. Noch lag Monas Hauptaugenmerk darauf, ständig neue Sorten von Schokoladenkeksen zu testen, da ihre Lieblingsbeschäftigung Essen war. Das zeigte sich leider auch an Monas Figur, was Mona jedoch nicht die Bohne störte. Vanessa beneidete sie um die Eigenschaft, mit ihrem Aussehen zufrieden zu sein.

Vanessa hatte während ihrer Lauschaktion im Sushi-Laden gehört, wie Adrian sich über sie lustig gemacht hatte. *Pretty-Face-Vanessa* und *Little Miss Perfect* hatte er sie genannt und gesagt, sie sei naiv und würde nichts kapieren. Vanessa hatte Angst, dass Mona treu und brav alles wiederholen würde, was Adrian gesagt hatte. Diese Schmach wäre zu groß. Daher fragte sie nicht weiter nach, sondern wechselte das Thema.

»In der Stadt gibt es einen neuen Muffin-Laden. *Muffin Heaven.* Da könnten wir beide mal zusammen hingehen«, bot sie lockend an.

»Oh, super!«, rief Mona sofort. »Wir können das morgen den anderen ja mal vorschlagen.«

Nein, das war nicht die Idee dabei. Vanessa wollte nun ihre Freundinnen, eine nach der anderen, wieder für sich gewinnen und sie dem Einfluss von Delia entziehen. Wobei sie da nur bei Mona und Annabell ansetzen konnte; Theresa hielt sich immer etwas zurück, war selten parteiisch und manchmal hatte Vanessa das Gefühl, dass sie gar nicht so richtig mit Leib und Seele eine BFF ihrer Gruppe war. Allerdings hatte Theresa nachmittags auch oft irgendwelche anderen Aktivitäten wie Hockeytraining, Geigenunterricht oder Ähnliches, und deshalb verbrachte sie nicht so viel Zeit mit ihnen.

Vanessa tat etwas gekränkt: »Was hast du denn dagegen, nur mit mir hinzugehen?«

»Überhaupt nichts! Aber ich dachte, weil wir doch Freundinnen sind, müssen wir immer alles zusammen machen!«

»Das machen wir ja auch. Aber weißt du, Mona … irgendwie hat man doch so seine Lieblingsfreundin in einer Gruppe und mit diesem Mädchen möchte man gelegentlich auch mal was allein unternehmen.«

»Und wer ist deine Lieblingsfreundin?«

Gott, war die dämlich!

»Du natürlich, Mona!«

»Echt?« Mona kicherte. Vanessa verdrehte die Augen.

»Bei mir wäre das Theresa«, plapperte Mona weiter.

Bitte? Spinnt die denn? Wie soll sie denn jetzt darauf reagieren? Vanessa ärgerte sich, dass sie vorgegeben hatte, dass Mona ihr Liebling sei. Konnte sie das rückgängig machen? Nicht sofort und nicht ohne das Gesicht zu verlieren. Sie sollte Haltung bewahren. Souverän bleiben. Einfach drüber weggehen.

»Und wieso Theresa?«

»Theresa ist immer nett. Und da muss ich nie überlegen, ob sie das, was sie sagt, auch so meint. Bei dir und Delia bin ich da nie so sicher.«

Vanessa schluckte. Mona traute sich vielleicht was! Oder war sie einfach nur naiv?

»Und was ist mit Annabell?«

»Annabell sagt ja immer nur, was du sagst oder was Delia sagt. Ich glaube, sie hat gar keine Meinung. Und sie beachtet mich auch meistens nicht. Sie redet immer nur mit dir und Delia.«

Vanessa schluckte. Mona hatte auf ihre einfältige Art ziemlich genau die Dynamik der Gruppe geschildert. Vanessa stöhnte leise und fragte sich: Welche Art Freundinnen waren sie eigentlich?! Egal, es waren die einzigen Freundinnen, die sie hatte, und sie waren nun schon lange BFFs, das war eben so. Basta. Hatte sie denn eine Lieblingsfreundin? Mochte sie überhaupt eins der Mädchen? Gott, wieso dachte sie denn jetzt darüber nach? Luca war schuld daran! Sie machte immer so dämliche Bemerkungen! Und das Gequatsche von Mona war auch nicht gerade förderlich.

Etwas kühler und um das Gespräch zu beenden, erkundigte sie sich bei Mona: »Also, was ist mit morgen? Gehen wir oder nicht? Aber wenn du erst Delia fragen musst, dann lassen wir es besser.«

»Bist du sauer?«

»Nein, aber es scheint dir ja nicht wichtig zu sein, mit mir Zeit zu verbringen.«

»Doch! Ehrlich. Fährt deine Mutter, oder soll ich meine bitten, uns zu fahren?«

»Ich bin schon in der Stadt. Treffe mich zum Lunch mit meinem Vater. Sagen wir um vier bei *Muffin Heaven?*«

»Ja. Super.«

»Also, ciao.«

Vanessa legte einfach auf, bevor Mona sich ebenfalls verabschiedet hatte. Eigentlich hatte sie vorgehabt, auch Annabell anzurufen und ihr zu erzählen, dass sie ihre Lieblingsfreundin sei. Aber nach der Mona-Erfahrung nahm sie davon doch lieber Abstand. Außerdem war ihr nun gründlich die gute Laune vergangen.

Luca

Luca lief in ihrem Zimmer eine Runde um die andere, konnte jedoch den Ärger auf ihren Vater nicht durch pure Bewegung abschütteln. Sie wollte ihn zur Rede stellen. Aber allein! Ohne die dämliche Britta, die ihn zu all dem gebracht hatte.

Sie sah aus dem Fenster und stellte fest, dass im Poolhaus Licht brannte. Brittas Poolhaus! Das war jetzt Pauls neues Atelier! Nicht zu fassen, dass Britta ihn dazu hatte überreden können.

Leise schlich Luca aus dem Haus, lief durch den Garten, vergewisserte sich, dass ihr Vater allein war, und trat ein.

Paul blickte von seinem Gemälde auf.

»Luca!«, rief er überrascht.

»Was überrascht dich?«, fragte Luca kühl. »Dass ich auch noch hier bin? Hattest du das vergessen?« Sie machte eine kurze Pause, dann fuhr sie fort: »Oder ist es vielleicht die Tatsache, dass ich überhaupt noch mit dir rede?«

Paul wollte etwas erwidern, aber Luca ließ ihm keine Zeit dazu. »Ehrlich gesagt überrascht mich das auch.«

»Luca, lass es mich dir erklären …«

»Was gibt es da zu erklären? Ist doch alles gesagt. Du hast dich für Britta und damit gegen mich entschieden. Ich bin nur gekommen, um dir zu sagen, was ich davon halte.«

Sie schaute sich im Poolhaus um. »Ist gar nicht so lange her, als du gesagt hast, hier könntest du nicht arbeiten und dass du dein Atelier brauchst.«

Paul hatte den Pinsel zur Seite gelegt und sah Luca ernst an. »In einer Beziehung muss man Kompromisse machen. Und es ist doch wirklich praktischer für mich, dort zu arbeiten, wo ich auch wohne. So war das bisher ja auch.«

»Bisher war es so, dass wir beide alles besprochen haben, bevor wir Dinge in unserem Leben verändert haben.«

»Wir haben nie Dinge in unserem Leben verändert. Also keine entscheidenden zumindest.« Er grinste und versuchte es mit Humor. »Wenn man vom Wechsel unserer Müslisorte absieht und davon, dass du angeordnet hast, ich solle mit dem Pfeifen aufhören, weil es anscheinend klingt, als würde man eine Katze quälen – und davon, dass ich keine Hawaii-Hemden mehr tragen darf.«

Luca blickte ihren Vater mit ausdrucksloser Miene an.

»Siehst du, so weit ist es schon: Ich kann nicht mal mehr über dich lachen. Also, ich bin nur gekommen, um dir mitzuteilen, dass ich das alles nicht einfach so hinnehme. Ich denke, es ist nur fair, wenn ich dich vorwarne.«

»Luca, Fröschlein, das ist jetzt alles etwas viel für dich. Ich verstehe das. Aber ich bin ganz sicher, du wirst dich daran gewöhnen und auch jede Menge Vorteile darin sehen. Gib der Sache doch eine Chance!«

»Nein. Aber ich gebe dir jetzt eine Chance: Ich will unsere alte Wohnung zurück!«

Paul stammelte verblüfft: »Luca! Seit wann stellt ein so vernünftiges Mädchen wie du so unvernünftige Forderungen? Du weißt, dass das nicht geht und du weißt auch, dass ich das nicht will.«

Luca atmete tief durch. Dann sagte sie: »Gut, dann sind die Fronten jetzt geklärt!« Sie drehte sich um und ging.

So, das war der letzte Versuch gewesen. Nun musste sie kein schlechtes Gewissen mehr haben. Aber Luca war unendlich traurig, dass sie Paul verloren hatte. Er war der wichtigste Mensch in ihrem Leben. Außer ihm hatte sie nur noch Milo. Bis vor Kurzem zumindest. Luca und Milo waren seit Kinderzeiten unzertrennlich. Er wohnte auch im Szeneviertel, war genauso alt wie Luca und verbrachte die meiste Zeit bei ihr und Paul. Milo war Lucas bester Freund. Und Luca hatte die Theorie aufgestellt, dass Jungs die besseren Freundinnen waren, weil sie nicht zickten, nicht mit einem in Konkurrenz traten und keine Geheimnisse ausplauderten. Doch dann hatte sich herausgestellt, dass Jungs vielleicht doch nicht als beste Freundinnen geeignet waren, denn Milo hatte sich in Luca verliebt und Luca erwiderte seine Gefühle nicht. Deshalb war Milo auf Abstand gegangen und ihre Freundschaft war beendet.

Mit Hannah, die den Bioladen in der Straße, in der sie früher gewohnt hatten, betrieb, hing sie gelegentlich rum. Aber das war's. Sonst gab es niemanden in ihrem Leben.

Alles hatte sich geändert.

Als Luca wieder im Haus war, ging sie schnurstracks die Treppe hoch. Ihr Blick fiel auf Vanessas Zimmertür am anderen Ende des langen Flurs.

Bitter dachte sie: Nur Vanessa war ihr geblieben. Haha. Vanessa! Ihre Lieblingsfeindin!

Und die hingegen bildete sich etwas darauf ein, gleich vier beste Freundinnen zu haben.

Aber da machte sich Vanessa etwas vor. Sie hatte zwar BFFs, aber trotzdem keine Freundin. Mit Delia stand sie ständig in Konkurrenz. Annabell war stets ihrer Meinung – wenn sie nicht gerade Delias Meinung war. Mona war zwar nett, aber ein wenig zu sehr mit Schokolade beschäftigt, um am Leben teilzunehmen. Einzig Theresa hatte Freundinnen-Qualitäten. Aber da sie Vanessa häufig widersprach, erkannte Vanessa das nicht.

Um ihre BFFs, die sie eher als Entourage sah, bei Laune zu halten, musste sie ihnen ständig etwas bieten und ihnen etwas vorspielen.

Nein, bei Vanessa sah es irgendwie auch nicht besser aus. Nur wusste Vanessa das wohl nicht. Aber das ging Luca nichts an, das war Vanessas Problem.

Als Luca in ihrem Zimmer war, nahm sie sich vor, am nächsten Tag nach der Schule Hannah zu besuchen und ihr eventuell ihr Leid zu klagen. Je nachdem wie sie sich fühlte. Vielleicht war sie ja dann auch schon nicht mehr so wütend, verzweifelt, enttäuscht und traurig, sondern einfach nur noch sauer. Mit sauer konnte Luca umgehen. Aber dieses Gefühlschaos, in dem sie sich befand, seit sie erfahren hatte, dass ihr Vater die Wohnung gekündigt hatte, war neu für sie – es war zu verwirrend, zu intensiv. Hannah könnte ihr vielleicht helfen, es einzuordnen.

Luca wusste, dass Hannah seit ewigen Zeiten in Paul verliebt war. Es hatte Hannah sehr getroffen, als Paul sich in Britta verliebt hatte und dann auch noch zu ihr ins Villenviertel gezogen war. Noch immer hoffte sie, ebenso wie Luca, dass er wieder zu Sinnen kommen und in sein altes Leben zurückkehren würde.

Luca überlegte, dass Hannah vielleicht ihre Geheimwaffe sein könnte.

Am nächsten Tag wartete Theresa bereits vor dem Haus. Luca schob ihr Rad aus der Garage und ärgerte sich über Vanessa. Die saß noch am Frühstückstisch, denn Britta würde sie mit dem Auto zur Schule bringen. Na klar, war ja zu erwarten. Vanessa würde nie mit dem Rad fahren, das wäre unter ihrer Würde. Es war so unfair, dass sich Vanessa so einfach aus dem neuen Arrangement herauswinden konnte. Luca hatte diese Chance nicht. Ihr Vater hatte Fakten geschaffen, ihre Wohnung war weg.

Theresa war bisher eigentlich immer bei Vanessas Mutter mitgefahren. Aber nachdem Delia und Vanessa sich in der letzten Zeit immer nur anzickten und versuchten, die anderen aus der Clique jeweils auf ihre Seite zu ziehen, hatte Theresa sich etwas zurückgezogen, mied die Gesellschaft der BFFs und fuhr nun mit dem Rad. Daher hatte es sich eingebürgert, dass sie den Weg gemeinsam zurücklegten.

»Ahoi«, rief Luca ihr zu.

Theresa lachte. Sie fand Lucas besondere Art der Begrüßung immer noch gewöhnungsbedürftig, aber sie grüßte mit *Ahoi* zurück.

Die beiden stiegen auf ihre Räder und fuhren los.

»Wieso warst du eigentlich gestern nicht in der *White Lounge?*«, erkundigte sich Luca.

»Och, ich … hatte keine Zeit«, sagte Theresa ausweichend.

»Keine Lust?«

»Na ja, also, ich hab ja nachmittags meistens Hockey-Training oder Geigenunterricht.«

»Aber doch nicht jeden Tag.«

Theresa sah Luca an und überlegte kurz. Dann meinte sie: »Keine Lust. Es ist irgendwie immer dasselbe. Man sitzt rum und redet. Über Mode, Designer, Promiklatsch und Jungs. Es langweilt mich.« Nach einer kleinen Pause fragte sie: »Warst du da?«

»Ja. Und es war genauso öde, wie du gesagt hast. Nicht mein Ding. Das muss ich nicht haben. Aber ich glaube, das Problem hat sich erledigt.« Luca grinste. »Delia war nicht sehr angetan von mir. Sie wird mich nicht noch einmal dazubitten.«

»Da kannst du dich nicht drauf verlassen. Je nachdem, ob du weiterhin als cool und *in* gehandelt wirst.«

Luca stöhnte. Pauls beruflicher Erfolg hatte auch Auswirkungen auf sie. Es hatte sich blitzschnell in der Schule rumgesprochen, dass Luca Paul von der Beeks Tochter war. Und Luca war nun umringt von Menschen, die sie nicht kannte und die bis dahin kein Wort mit ihr gesprochen hatten, sich aber nun um ihre Bekanntschaft bemühten.

»Die Leute sind so dämlich!«, schimpfte sie. »Ich kapier echt nicht, was sie von mir wollen.«

»Tja, so ist das nun mal: Ist dein Vater berühmt oder hat er viel Geld, dann bist du *in*.«

»Man sollte Menschen nach ihren eigenen Leistungen und nach ihrem Charakter beurteilen. Es ist total schwachsinnig, was die hier abziehen.«

»Du kannst aufhören, zu schimpfen, ich bin ja deiner Meinung.«

»Oh. Echt?«

»Sicher. Wieso bist du so überrascht?«

»Weil du mit solchen Leuten befreundet bist …«

»Und da denkst du, ich stimme mit allem überein, was sie tun?«

»Wenn man nicht derselben Meinung ist, wieso ist man dann mit so jemandem befreundet?«

»Du hast nicht viel Erfahrung mit Freundschaften, oder? Man kann verschiedene Ansichten haben und trotzdem befreundet sein.«

»Aber es muss ja wohl einen Grund für die Freundschaft geben.«

»Manchmal ergibt sich das einfach. Wenn man sich schon ewig kennt zum Beispiel.«

»Wie bei dir und Vanessa …« Luca klang etwas spöttisch.

»Ich weiß, dass du sie zickig findest, aber auf ihre eigene Art ist sie schon okay. Ich kenn sie seit dem Kindergarten und wir sind Nachbarn.«

So einfach war das? Wenn man lange genug mit jemandem zu tun hatte, erklärte man denjenigen zur Freundin? Aber Luca verbiss sich diesen Kommentar.

»Und so rosig ist ihr Leben auch wieder nicht«, meinte Theresa. »Sie tut nur immer cool. Aber eigentlich kämpft sie sich irgendwie durch.«

Toll, das hatte Luca gerade noch gefehlt: Jemand, der ihr erklärte, wie schwer es Vanessa hatte. Armes, reiches Mädchen! Doch auch das kommentierte Luca nicht. Sie mochte Theresa und wollte nicht mit ihr streiten.

Theresa wechselte das Thema. »Ich muss morgen wieder für meine Mutter im Bioladen im Viertel einkaufen. Hast du Lust, mitzukommen?«

Luca freute sich. »Ja.«

Seit sie Theresa vor einiger Zeit bei Hannah im Laden getroffen und Theresa ihr erzählt hatte, dass sie das Viertel mochte und dort oft die Secondhand-Läden durchstöberte, war sie ihr sympathisch. Theresa trug oft Vintage-Kleidung, sie mied die angesagten Designer. »Ich mag Dinge, die eine Geschichte haben. Neue Kleider kann sich jeder kaufen. Ich suche immer nach ungewöhnlichen Sachen«, hatte Theresa erklärt. Das hatten sie gemeinsam; wobei Lucas Kleidungsstil noch extremer war – denn Luca provozierte gern. Dazu gehörte, dass sie gelegentlich mit ausrangierten Kostümen aus dem Theater herumlief. In ihrer neuen Schule war allerdings Schuluniform-Pflicht, worüber sich Luca ziemlich aufgeregt hatte, sich dann aber zähneknirschend fügen musste.

»Du hattest angeboten, dass wir mal zum Theaterfundus gehen«, sagte Theresa.

Luca nickte begeistert. »Können wir machen. Da wollte ich eh schon längst mal wieder hin.«

»Theresa!«, rief es hinter ihnen.

Theresa drehte sich um. Annabell, ebenfalls mit dem Rad unterwegs, beeilte sich, sie einzuholen. Erst als sie auf selber Höhe war, erkannte sie Luca. Das brachte sie irgendwie aus dem Konzept.

»Hallo, Annabell«, sagte Theresa freundlich. »Alles gut?«

Annabell mied den Blickkontakt mit Luca und schien fieberhaft zu überlegen. Schließlich sagte sie zu Theresa: »Ich, ähm, muss mich beeilen. Ich seh dich in der Schule.« Dann trat sie in die Pedale und raste davon.

Luca wunderte sich: »Was war das denn?«

»Ich denke, sie muss sich erst eine Anweisung von Delia holen, ob man nun mit dir redet oder nicht.« Theresa konnte sich ein Lachen nicht verkneifen.

Vanessa

Nach der letzten Schulstunde zog sich Vanessa um, schminkte sich und wartete vor dem Hauptportal auf ihren Vater. Sie hatte sich während des Vormittags von ihren Freundinnen ferngehalten. So schnell würde sie ihnen nicht vergeben, dass sie ihr in den Rücken gefallen waren und sich mit ihrer Erzfeindin Luca getroffen hatten. Sie brauchte ihre BFFs nicht und kam auch gut ohne sie zurecht. Wie immer, wenn Vanessa sauer auf die Mädchen war, hatte sie sich an Malte, Monas älteren Bruder, gehalten. Er war definitiv nicht die hellste Glühbirne im Kronleuchter, aber genau das war es, was Vanessa sehr schätzte: Sie konnte ihn problemlos um den Finger wickeln und Malte war jedes Mal von Stolz erfüllt, wenn die coole Vanessa sich herabließ und mit ihm redete. Vor einiger Zeit hatte sie aus einem anderen Grund den Kontakt zu ihm gesucht, nämlich wegen Maltes älterem Bruder, Mario. Er gehörte zu Adrians Clique. Er, Jan und Adrian gingen in dieselbe Klasse und hingen immer zusammen rum. Gelegentlich durfte Malte, der nur ein Jahr jünger war als Mario, auch mit den Jungs abhängen und so konnte Vanessa sich unauffällig Adrian nähern. Und es hatte funktioniert. Doch Adrian hatte nicht so recht angebissen. Zumindest nicht so, wie Vanessa es vorgesehen hatte. Mal zeigte er Interesse an ihr, mal ignorierte er sie. Das nervte! Aber Vanessa war weit davon entfernt, aufzugeben. Sie wollte Adrian. Und sie würde ihn schon noch dazu bringen, sie anzuhimmeln und sie anzuflehen, von ihr erhört zu werden.

Während Vanessa auf ihren Vater wartete, ging sie in Gedanken durch, was sie heute bei ihm durchsetzen wollte: eine eigene Kreditkarte und den Chauffeur. Vielleicht sollte sie ihn auch noch zu einem Wochenendtrip nach London überreden. Er verbrachte kaum Zeit mit ihr, das könnte er doch wirklich für seine Tochter tun. Und Delia würde platzen vor Neid!

In dem Moment schob Luca ihr Rad vom Schulhof. Als sie Vanessa sah, ging sie an ihr vorbei, musterte sie und meinte: »Glaubst du, wenn du dich aufbrezelst, hält jemand an und fährt dich nach Hause?«

Vanessa warf ihr nur einen abschätzigen Blick zu. »Mein Vater kommt. Er hat mich ins *Blue Jasmin* eingeladen. Ist dir sicher kein Begriff – es ist das coolste Restaurant der ganzen Stadt.«

»Oh, danke für die Information«, meinte Luca spöttisch. »*Blue Jasmin*. Was ich alles von dir lernen kann!« Dann schwang sie sich auf ihr Rad und fuhr davon.

Kurz darauf kam Theresa vorbeigeradelt und winkte kurz. »Tschüss, Vanessa!« Als sie Luca entdeckte, rief sie ihr hinterher: »Hey, warte auf mich!«

Luca stoppte und drehte sich zu Theresa um.

Vanessa ärgerte sich, dass Theresa a, mit Luca überhaupt sprach, und b, nun noch dieses Radfahren mit Luca gemein hatte.

Keine Minute später kam Annabell mit ihrem Rad vorbei. »Hast du Theresa gesehen? Ist sie schon losgefahren?«, fragte sie.

Vanessa überlegte kurz, dann antwortete sie: »Nein. Sie wird wohl noch kommen.« Es hätte ihr gerade noch gefehlt, dass Annabell sich den beiden anschloss. Sie sollte sie in ein Gespräch verwickeln. Dann stand sie auch nicht da, wie bestellt und nicht abgeholt. Dass ihr Vater aber auch immer unpünktlich sein musste! Darunter hatte ihre Mutter schon damals gelitten. Das nervte echt!

»Schicker Schal«, meinte sie zu Annabell, um sie positiv zu stimmen.

Annabell strahlte. »Delia hat mir dazu geraten. Wir waren gestern shoppen.«

Vanessa knirschte ein wenig mit den Zähnen.

»Nachdem wir in der *White Lounge* waren«, fügte Annabell hinzu.

Vanessa hatte Mühe, ihre Gefühle im Zaum zu halten.

»Schade, dass du nicht dabei warst!«

Dumme Ziege, dachte Vanessa, obwohl sie wusste, dass Annabell das nicht böse meinte. Delia hätte so einen Spruch gesagt, um sie zu ärgern, bei Annabell war er durchaus ehrlich gemeint. Aber das war ihr jetzt egal, sie war sauer.

»Vielleicht ist Theresa ja doch schon weg«, sagte Vanessa und lächelte süßlich. »Ich glaube, sie ist mit Luca gefahren, die beiden sind echt dicke.«

»Ernsthaft?«, meinte Annabell überrascht. »Das wird Delia aber nicht gefallen. Sie hat sich gestern ziemlich über Luca geärgert.«

Das wiederum freute Vanessa. »Tja«, sie zuckte mit den Schultern, »läuft halt nicht alles so, wie die liebe Delia es sich vorstellt.«

Annabell war etwas unsicher, wie sie reagieren sollte. Sie tat das, was sie meist tat, sie nickte und sagte: »Ja. Genau.«

Vanessa wollte Annabell jetzt nur noch loswerden. Sie kramte ihr Handy aus der Tasche und tat so, als hätte sie gerade einen Anruf bekommen. Mit dem Handy am Ohr winkte sie Annabell zum Abschied und drehte sich dann von ihr weg. Da diese jedoch nicht sofort losfuhr, sondern noch etwas unschlüssig dastand, musste sie auch noch ein Gespräch faken. Nerv!

Als Annabell endlich davongeradelt war, steckte sie ihr Handy wieder ein und ärgerte sich über ihren Vater. Er war immer noch nicht da! Sie wartete nun schon zwanzig Minuten. Inständig hoffte sie, dass es nicht einer dieser Tage war, an denen er gar nicht erst auftauchte. Vanessa versuchte, ihren Vater zu erreichen – ohne Erfolg. Ihr Dad ließ sie einfach so auf der Straße stehen, ihre Mutter hatte sie verraten und ihre angeblichen BFFs hatten sich auch von ihr abgewandt. Von aller Welt verlassen! Fast hätte Vanessa vor Enttäuschung angefangen zu heulen, aber dann siegte die Wut. Sie bestellte sich ein Taxi und schaltete ihr Handy aus. Sie wollte nicht erreichbar sein, falls ihr Vater sich noch melden würde. Sollte er sich doch Gedanken machen, was mit ihr los war. Geschah ihm recht!

Doch als das Taxi kam, hatte sie sich umentschieden. Sie ließ sich nicht nach Hause fahren, sondern zum Büro ihres Vaters.

Luca

Kaum hatte Luca das Haus betreten, hörte sie Brittas Stimme in der Küche. Britta tobte. Leise schlich Luca durch den Flur und hielt auf dem Weg nach oben in Hörweite der Küche an.

»Ich bin so sauer!«, rief Britta.

Paul sagte sanft: »Britta, reg dich doch bitte nicht so auf.«

Aha, es ging also schon los: Trouble in Paradise!

»Von wegen! Ich kann diese Ausreden und Entschuldigungen nicht mehr ertragen!«

Wow! Stand die Beziehung etwa vor dem Aus?

Paul seufzte. »Ich versteh dich doch.«

Kurze Pause, dann wieder Britta: »Es tut mir so leid, Paul, du kannst ja gar nichts dafür. Aber Gerd ist wirklich ein Idiot!«

Nun war Luca verwirrt. Gerd? Ging es etwa gar nicht um Paul? Hatte sie sich nicht über Paul aufgeregt?

»Mir über seine Sekretärin ausrichten zu lassen, dass er keine Zeit für Vanessa hat, ist einfach das Letzte! Ich kann dir gar nicht sagen, wie oft er dieses Kind einfach versetzt hat. Und sie verzeiht ihm immer wieder und bemüht sich um ihn. Es tut mir in der Seele weh, das mitanzusehen.«

»Wieso ruft er dich an, statt Vanessa?«, fragte Paul.

»*Er* ruft ja gar nicht selbst an. Bestimmt hat er seine Sekretärin beauftragt, den Termin mit seiner Tochter Vanessa zu canceln. Seine Sekretärin hat sicherlich nicht groß nachgedacht und einfach mich angerufen. Aber eben erst vor fünf Minuten; das Kind steht seit mindestens einer halben Stunde wartend vor der Schule. Und sie hat ihr Handy ausgeschaltet. Oder der Akku ist leer, was weiß ich. Ich fahr jetzt mal los und hol sie ab.«

»Ich komme mit«, bot Paul an.

»Oh, wie ich diesen Mann hasse! Anstatt mit Vanessa verbringt er seine nur Zeit mit seinen Kindern aus zweiter Ehe. Und Vanessa speist er mit Geld ab.«

Luca hörte ihren Vater seufzen: »Armes Mädchen.«

Bitte? Er findet Vanessa bedauernswert? Was ist mit seiner eigenen Tochter?! Schnell huschte sie nach oben in ihr Zimmer, damit sie sich nicht begegnen würden. Musste ja niemand wissen, dass sie gelauscht hatte. Eigentlich auch eine interessante Methode, sich auf dem Laufenden zu halten. Auf die Idee war sie noch gar nicht gekommen. War ja auch bisher nie nötig gewesen. Es gab einfach keine Geheimnisse zwischen ihr und ihrem Vater. Bis Britta auftauchte.

Missmutig machte Luca sich an ihre Hausaufgaben, doch das besserte ihre Laune auch nicht. Als sie fertig war, fluchte sie verärgert. Früher konnte sie, wenn ihr das hier alles auf den Wecker ging, einfach in ihre alte Wohnung flüchten. Was sie fast täglich getan hatte. Aber jetzt? Sie hatte keine Rückzugsmöglichkeit mehr.

Auf einmal hatte Luca das dringende Bedürfnis mit jemandem zu reden. Am liebsten mit Milo. Falls er wieder mit ihr reden wollte. Er hatte ja angekündigt, dass er erst mal Abstand von ihr brauchte. *Eine Zeit lang,* hatte er gesagt – eine sehr ungenaue Angabe.

Luca seufzte. Sie wünschte wirklich, sie wäre in Milo verliebt, das wäre perfekt. Aber sie war es nicht, und es gab auch keinen Weg, sich dazu zu bringen. Milo war einfach nur ihr bester Freund und das war's. Ob er wohl inzwischen darüber hinweg war? Wie lange dauerte es, bis man sich entliebt hatte? Mit Spekulationen kam sie nicht weiter. Sie entschied, ihn anzurufen und zu fragen.

Er meldete sich sofort und Luca wurde unsicher. »Hi, Milo«, sagte sie leise.

Als er fröhlich: »Hey, Luca! Wie geht's?«, rief, war sie ziemlich erleichtert. Musste sie ihn jetzt noch fragen, ob wieder alles beim Alten war zwischen ihnen? Oder sollte sie einfach so tun, als hätte das Gespräch damals nie stattgefunden? Verflixt, darüber hätte sie vorher nachdenken sollen. Okay, er hatte gefragt: *Wie geht's?* Also würde sie einfach nur diese Frage beantworten.

»Es ist die Pest! Paul hat unsere Wohnung und das Atelier aufgegeben.«

»Hab ich mitgekriegt. Jetzt kann er sich etwas Besseres leisten, was?«

»Besser? Von wegen! Er hockt hier im Poolhaus und malt. Und ich hab kein Dach mehr über dem Kopf!«

»Na ja, ich hab den Palast, in dem du jetzt wohnst – oder besser: *residierst* –, ja gesehen. Ich würde sagen, du hast ein *goldenes* Dach über dem Kopf.«

»Ich hasse es!«

»Du wirst dich schon noch daran gewöhnen.«

»Niemals!«

Milo lachte. »Immer noch auf Krawall gebürstet, was?«

Luca erwiderte nichts.

Milo fuhr fort: »Aber hey, freut mich echt für Paul, dass er jetzt endlich mal groß rauskommt. Hat er verdient.«

»Ja, ich glaube, er ist auch sehr happy. Also das ganze Drumherum liegt ihm nicht, aber das gehört halt dazu.« Dann fragte sie geradeheraus: »Wollen wir uns treffen?«

Kurz schien Milo zu zögern, dann meinte er: »Klar, wieso nicht? Zwei Döner zum Aktionspreis bei Gürcan?«

Vanessa lächelte. Ja, wie in alten Zeiten. Doch dann besann sie sich. Nein, das wäre keine gute Idee, das würde nur Erinnerungen heraufbeschwören. Sie wollte mit Milo ja einen Neuanfang.

»Wieso treffen wir uns nicht … in der *White Lounge?*«

Das war der einzige Laden, der ihr gerade einfiel, wo sie mit Milo noch nie gewesen war.

»Wo?«

»Bei dem Sushi-Laden in der Fußgängerzone.«

»Sehr edel. Ist das dein neuer Stil?«

Ein wenig ärgerte sie sich. Da war so ein Unterton in seiner Stimme.

»Dann schlag du halt was vor.«

»Nein, schon okay. Zeig mir ruhig deine neue Welt.«

»Das ist nicht meine Welt!«

»Schon gut, reg dich nicht auf. Um wie viel Uhr?«

»In einer Stunde?«

»Geht klar.«

Vanessa

Vanessa stieg aus dem Taxi und marschierte in das Bürohaus ihres Vaters. Am Empfang wurde sie aufgehalten.

»Zu wem möchten Sie?«

Das *Sie* erfüllte sie mit Genugtuung, ihr teures Outfit tat seine Wirkung.

»Gerd Schmidt.«

Dass sie den Namen des Chefs nannte, schien die Dame am Empfang ein wenig zu wundern. Sie fragte: »Und Sie sind?«

»Seine Tochter«, zischte Vanessa.

»Ach, ich wusste gar nicht, dass er eine erwachsene Tochter hat.«

Ja, er schien das auch oft genug zu vergessen, dachte Vanessa bitter.

Als die Dame dann noch hinzufügte: »Ich kenn nur die Kleinen«, hätte Vanessa sie am liebsten angebrüllt.

Aber sie fragte nur kühl: »Also, ist er in seinem Büro?«

»Ja. Ich melde Sie an und höre mal nach, ob er Zeit hat.«

Nun war Vanessa wütend. »Haben Sie den Part nicht mitbekommen, als ich sagte, ich sei seine Tochter? Sie müssen mich nicht anmelden. Er *hat* immer Zeit für mich!«

Das wiederum entsprach nicht der Wahrheit, aber zumindest der Empfangsdame gegenüber konnte sie diese Illusion aufrechterhalten. Vanessa wandte sich vom Empfangstresen ab und lief schnurstracks zum Büro ihres Vaters, öffnete die Tür und trat ohne anzuklopfen ein.

Ihr Vater telefonierte. Er sah sie verblüfft an, gab ihr Zeichen, ihn jetzt nicht zu stören, sondern sich zu setzen. Vanessa zögerte kurz, doch dann nahm sie Platz. Währenddessen sprach er weiter ins Telefon, auf Englisch, und schien zu verhandeln. Als er endlich auflegte, lächelte er sie an. »Das war eben Dubai. Ich glaube, den Auftrag haben wir in der Tasche!«

Dummerweise war durch das Warten Vanessas Wut etwas verraucht, sie musste sich bemühen, wieder sauer zu sein. Doch bevor sie etwas sagten konnte, meinte er: »Mäuschen, schön, dass du mich besuchst. Was gibt es?«

»Ich besuche dich nicht! Wir waren verabredet.«

Er legte die Stirn in Falten und versuchte sich zu erinnern. »Ja, natürlich! Aber dann kam die Telefonkonferenz dazwischen. Hat meine Sekretärin dir nicht abgesagt?«

Vanessa blickte ihn ausdruckslos an. Doch das nahm er nicht wahr.

»Also, was liegt an?«, fragte er freundlich, aber in seinem üblichen Geschäftston. Vanessa kämpfte mit sich. Sie hatte vorgehabt, ihrem Vater jetzt endlich mal die längst überfälligen Vorwürfe zu machen, doch irgendwie hatte sie nun der Mut verlassen. Gut, dann würde sie jetzt zu ihren anderen Anliegen kommen.

Sie atmete tief durch, dann gelang ihr ein schwaches Lächeln. »Ich wollte mit dir mal über meine Taschengeld-Situation reden.«

Er zog verwundert eine Augenbraue nach oben. »Gibt dir deine Mutter kein Taschengeld? Ich zahle Unterhalt. Und zwar eine unanständig hohe Summe!«

»Doch schon, aber sie will es jetzt begrenzen. Bisher konnte ich ausgeben, so viel ich wollte.«

Er nickte. »Aber was hab ich damit zu tun? Das ist eine Sache zwischen dir und deiner Mutter.«

Das durfte doch nicht wahr sein! Wieso fühlte er sich da nicht auch verantwortlich? Er war schließlich ihr Vater!

Okay, ruhig bleiben, befahl sie sich. Sie hatte ja ein Ziel vor Augen. Wieder bemühte sie sich um ein Lächeln.

»Ich hatte mir überlegt, dass du mir eine Kreditkarte besorgen könntest, eine Zweitkarte zu deiner. Delia hat das auch.«

»Aha«, meinte er bloß.

»Und? Bekomm ich eine?«

Er strich sich mit der Hand übers Kinn, kratzte sich

hinter dem Ohr, zog die Augenbrauen zusammen und sagte schließlich: »Nein, dafür sehe ich keinen Grund. Rede mit deiner Mutter. Sie hat genug Geld.«

Vanessa riss entsetzt die Augen auf. Er sagte *Nein*? Damit hatte sie nicht gerechnet.

Er lächelte wieder. »Sonst noch was?«

Sie biss sich auf die Lippen, um sich ihre grenzenlose Enttäuschung nicht anmerken zu lassen.

»Ja, da ist noch die Sache mit dem Schulweg. Mam weigert sich, mich zur Schule zu fahren. Ich dachte, du könntest mir vielleicht deinen Fahrer schicken. Ist ja bloß zwei Mal am Tag.«

Er machte einen nachdenklichen Gesichtsausdruck und wiegte den Kopf hin und her. »Nein, das ist nicht gut. Ich will, dass er mir jederzeit zur Verfügung steht, und morgens würde es mit meiner Routine kollidieren. Ich brauche ihn, um mich ins Büro fahren zu lassen. Das müsst ihr irgendwie anders lösen.«

Nun war es doch ein wenig um Vanessas Fassung geschehen. Sie sprang auf und musste mit den Tränen kämpfen, während sie schimpfte: »Ich bin dir wohl völlig egal! Es interessiert dich nicht die Bohne, wie es mir geht! Und nie hast du Zeit für mich!«

»Aber ich nehme mir doch gerade Zeit für dich!«, widersprach er.

»Wir waren zum Essen verabredet! Ich hatte mich so auf das *Blue Jasmin* gefreut!«

Er sah sie an und nickte. »Stimmt. Das ist wirklich dumm gelaufen, Mäuschen. Weißt du was?« Er nahm zweihundert Euro aus seiner Brieftasche und hielt sie Vanessa hin. »Hier. Geh mit deinen Freundinnen dort essen. Lade sie ein.«

Vanessa sah empört auf das Geld, wollte ihm sagen, dass er es behalten konnte.

Er hatte ihren Blick jedoch anders interpretiert und fragte: »Wie viele Mädchen seid ihr denn?«

»Fünf«, antwortete sie automatisch. Er nahm noch einen weiteren Hunderter und legte ihn dazu. »So, das müsste reichen.«

Fassungslos schaute sie ihn an. Geld? Das war alles, was er ihr anbot? Damit wollte er es wiedergutmachen? Sie wollte ihm ihre Wut entgegenschleudern, doch dann entschied sie sich anders. Vanessa schnappte sich die Scheine, sagte »Danke« und ging. Könnte sein, dass sie das Geld noch brauchte, wenn ihre Mutter jetzt mit Sparmaßnahmen anfing. Die Begegnung mit ihrem Vater war zwar nicht ganz so gelaufen, wie sie gedacht hatte, aber zumindest hatte sie nun dreihundert Euro. Doch damit konnte sie sich nur trösten, solange sie noch im Bürogebäude war. Auf der Straße musste sie dann doch heulen.

Vanessa hatte sich eigentlich mit Mona in dem neuen Muffin-Laden verabredet, aber sie war nicht in Stimmung. Sie wollte ihr absagen, wartete aber noch kurz, bis sie sich beruhigt hatte und sicher war, ihre Stimme würde nicht mehr heulig klingen. Dann nahm sie ihr Handy und schaltete es wieder ein. Fünf Anrufe von ihrer Mutter. Nein, zurückrufen wollte sie jetzt nicht. Dann musste sie womöglich wieder losheulen. Schlimm genug, dass sie zugeben musste, dass ihr Vater schon wieder keine Zeit für sie gehabt hatte. Es war wirklich deprimierend. Moment. Musste sie das denn sagen? Ihre Mutter hatte ja keine Ahnung. Wäre vielleicht ganz gut, wenn ihre Mutter annahm, dass sie sich mit ihrem Vater jetzt blendend verstand – das würde vielleicht ihre Verhandlungsposition in Sachen Taschengeld und Fahrdienst verbessern. Hm.

Schnell tippte sie eine WhatsApp.

Hi, Mam, sorry, hatte mein Handy ausgeschaltet, während des Essens. Das Blue Jasmin *ist absolut genial! Treff mich jetzt noch mit Mona, seh dich später zu Hause.* Senden.

Schon war Vanessa wieder besser gelaunt. Sie musste niemandem von ihrer Niederlage erzählen. Natürlich war sie mit ihrem Vater im *Blue Jasmin* gewesen! Nach einer Weile kam es ihr sogar so vor, als sei sie wirklich mit ihm dort gewesen. Und mit Mona würde sie sich doch treffen. Sie ließ sich nicht unterkriegen! Und als Erstes würde sie sich ihre Führungsposition bei ihren BFFs zurückerobern. Da musste ihr nur noch was richtig Gutes einfallen! Aber jetzt galt es erst einmal, Mona auf ihre Seite zu ziehen.

Bevor sie zum *Muffin Heaven* ging, legte sie einen kurzen Zwischenstopp in einem Laden für Modeschmuck ein und kaufte ein paar Ohrringe für Mona, an denen kleine bunte Cupcakes baumelten. Das war nahe genug an Muffins. Dann setzte sie beschwingt ihren Weg fort. Sie war wieder auf der Siegerstraße.

Mona war tatsächlich entzückt über die Ohrringe, sie quietschte vor Begeisterung. Vanessa war kurz davor, sie erneut zu fragen, wer denn nun ihre Lieblings-BFF sei, aber das wäre vielleicht noch zu früh. Großzügig ließ sie Mona gleich eine ganze Palette Muffins aussuchen. »Wir müssen doch testen, welche uns am besten schmecken«, erklärte sie und bezahlte.

Mona war begeistert, eine Gleichgesinnte in Sachen Muffins gefunden zu haben.

»Ich wusste gar nicht, dass du da auch drauf stehst«, meinte sie, während sie den ersten Muffin aß.

»Machst du Witze? Ich könnte mich von Muffins ernähren!«

»Also ich tu es. Na ja fast. Manchmal besteht meine Mutter darauf, dass ich zur Abwechslung auch mal was gesundes Selbstgekochtes esse. Als ob Muffins nicht gesund wären! Und außerdem kann man Muffins ja auch selbst machen. Ich hatte schon überlegt, ob ich mal versuche, welche zu backen.«

Es kostete Vanessa etwas Überwindung, aber dann rief sie, so jubelnd sie konnte: »Mona, das ist eine geniale Idee! Das sollten wir machen! Wir beide! Die weltbesten Muffin-Bäckerinnen!«

Mona hatte gerade Muffin Nummer zwei in Angriff genommen. Überrascht sah sie Vanessa an. »Du würdest mit mir backen?«

»Aber sicher! Lass uns gleich losgehen und Zutaten kaufen.«

Mona war höchst erfreut. Dann stellte sich jedoch heraus, dass keine von beiden wusste, was man brauchte, um einen Muffin herzustellen. Während Mona den dritten Muffin aß, googelte Vanessa Muffin-Rezepte, dann gingen sie in den nächsten Supermarkt. Auch hier bezahlte Vanessa wieder.

Monas Versuch, das zu verhindern, wehrte sie ab. »Mona, Schätzchen, lass mich das mal übernehmen. Für meine Lieblingsfreundin ist mir nichts zu teuer.« Sie wartete kurz ab, aber Mona sagte bloß: »Das ist superlieb von dir.«

Luca

Luca wartete vor der *White Lounge* auf Milo. Sie war eine Viertelstunde zu früh und ziemlich nervös. Es ärgerte sie, dass sie so aufgeregt war, Milo zu treffen. Wie würde sie ihn begrüßen? Ihm um den Hals fallen? Oder nur cool die Hand heben? Sie überlegte. Beides würde ihr erspart bleiben, wenn sie die Hände voll hätte. Aber womit? Was würde man mit sich herumtragen, sodass man jemanden nicht mit einer Umarmung begrüßen könnte? Sie schaute sich suchend um. Gegenüber war ein Spielwarenladen. Dort gab es massenweise Plüschtiere. Perfekt.

Sie wählte das Größte aus, eine Giraffe. Probehalber nahm sie eins nach dem anderen in den Arm. Nein, die Giraffe war zu schlank, damit wäre eine Umarmung immer noch möglich. Schließlich entschied sie sich für einen Wal – nachdem sie festgestellt hatte, dass er so dick und groß war, dass sie ihn kaum mit beiden Armen umschließen konnte. Perfekt.

Luca ließ ihn als Geschenk einpacken, denn Milo musste ja nicht sehen, was sie da gekauft hatte. Vielleicht würde sie ihn, wenn ihr Treffen mit Milo beendet war, einfach wieder zurückbringen. Ja, genau. Sie bezahlte mit dem Schein, den ihr Vater ihr vor ein paar Tagen gegeben hatte.

Nachdem er einige seiner Bilder verkauft hatte, war er ganz stolz zu ihr gekommen und hatte ihr hundert Euro in die Hand gedrückt. Dabei hatte er gestrahlt und gesagt: »Das wollte ich schon immer mal tun. Kauf dir was Schönes, Fröschlein.« Sie hatte auf den Schein gesehen und entsetzt gefragt: »Einfach so, hundert Euro?«

Doch er hatte nur lächelnd erwidert: »Das können wir uns jetzt leisten.« Eigentlich wollte sie ihm sagen, dass sie das nicht gut fand, aber er schien so glücklich. Also hatte sie ihm gedankt und das Geld eingesteckt. Sie wollte ihm die Freude nicht verderben. Damals wusste sie aber auch noch nicht, dass er ihre Wohnung kündigen würde, sonst hätte sie sich geweigert, das Geld anzunehmen. Aber gut, dass sie das nicht getan hatte, denn nun konnte sie den Wal kaufen.

Luca stellte sich vor der *White Lounge* wieder in Position. Sie hätte vielleicht doch einen Delfin nehmen sollen, denn sie konnte kaum an dem Wal vorbeischauen. Egal. Er erfüllte seinen Zweck.

»Hey, ich wusste nicht, dass wir uns Geschenke mitbringen«, hörte sie Milos Stimme.

Vorsichtig lugte sie an dem Päckchen vorbei, geradewegs in Milos Gesicht.

Geschenk? Wovon redete er? Oh nein! Er dachte, der eingepackte Wal wäre für ihn. Was jetzt? Sollte sie das aufklären? Nein, der Grund wäre zu peinlich.

Schon nahm Milo ihr das Päckchen aus den Armen und begann, das Papier herunterzureißen.

Aber etwas Gutes hatte diese Aktion. Damit war die Umarmung schon mal elegant umschifft. Als Milo das Papier entfernt hatte, sah er sie verwirrt an. »Ein Wal? Hat das was zu bedeuten?«

Noch könnte sie behaupten, es wäre gar nicht für ihn gewesen, aber dann würde er sich vielleicht blöd fühlen und das wollte Luca auch nicht.

Etwas unsicher sagte sie: »Rettet die Wale?«

Milo grinste. »Wir retten Wale, indem wir sie aus Spielzeugläden befreien?« Er betrachtete das Etikett. »Made in China. Bis der hier war, haben wir aber eine Menge CO_2 in die Atmosphäre geschleudert.«

»Ach, hätte ich besser ein einheimisches Tier kaufen sollen? Ein Reh? Oder ein Eichhörnchen?«

Milo lachte wieder. »Nur wenn es hier produziert wurde. Nachhaltigkeit heißt das Zauberwort.«

Das fing ja gut an. Vor allem deshalb, weil Milo natürlich recht hatte. Wieso hatte sie nicht nachgedacht? Egal.

»Ich kann ihn zurückbringen«, bot sie an.

»Nein, schon gut, war ja lieb gemeint von dir.« Er lächelte und sagte: »Schön, dich zu sehen, Luca! Wie geht's denn so? Alles im Lot in der Welt der Reichen und Schönen?«

»Sag das nicht so. Das klingt, als würdest du mich verspotten.«

»Sorry.«

»Wollen wir reingehen?«

Milo blieb kurz vor der ausgehängten Speisekarte stehen, las und meinte dann: »Hör mal, der Laden ist echt teuer. Das kann ich mir nicht leisten.«

»Ich lade dich ein!«

Nachdem sie es gesagt hatte, wusste sie, dass es ein Fehler war.

»Ist ja nicht mein Geld«, schob sie schnell nach. »Irgendeinen Vorteil muss es ja haben, dass mich die High Society gekidnappt hat.«

Das half. Er grinste nun. Dennoch machte er keine Anstalten, das Lokal zu betreten. Unschlüssig standen sie nun beide da.

Da tönte es hinter ihnen: »Luca! Wartest du auf mich?«

Sie drehte sich um. Adrian kam angeschlendert, Jan und Mario im Schlepptau. Er ging auf sie zu und legte den Arm um sie. Luca machte eine abwehrende Bewegung.

Adrian lachte. »Entspann dich, los, gehen wir rein.«

Zu seinen Freunden sagte er: »Luca und ich waren hier Sushi essen. Scheint ihr gefallen zu haben.« Jan und Mario grinsten, sie wussten wohl, dass Adrian Luca nur hochnehmen wollte. Aber Milo nicht. Er machte ein sehr irritiertes Gesicht.

Adrian richtete seinen Blick auf Milo, der mit dem Plüschwal im Arm etwas verloren dastand. »Bringst du dir dein eigenes Essen mit?« Jan und Mario grölten.

Milo war nicht in der Lage zu reagieren. Luca befreite sich aus Adrians Arm und funkelte ihn böse an. »Du hirnloser Holzkopf!«

Adrian wandte sich wieder an Jan und Mario. »Das ist es, was mir an ihr gefällt, sie hat immer ein nettes Wort für mich.«

Die beiden anderen Jungs waren an ihnen vorbeigegangen und bereits an der Tür. Jan sagte zu Adrian: »Komm schon, Alter.«

Adrian hatte nun wohl genug von seinen Spielchen. Im Weggehen zwinkerte er Luca zu. »Ich halt dir 'nen Platz neben mir frei. Lass mich nicht zu lange warten!«

Nachdem Adrian im Restaurant verschwunden war, sah Milo Luca kühl an, machte eine einladende Bewegung zum Restaurant und meinte: »Na los, lass ihn nicht warten.«

»Sag mal, spinnst du? Hast du nicht gemerkt, dass er ein arroganter Vollidiot ist?«

Doch das stimmte Milo nicht milder. »Das sind also die Leute, mit denen du jetzt rumhängst …«

»Milo, echt mal! Du kennst mich doch, du weißt, dass ich mit solchen Leuten nichts zu tun haben will.«

»Na, offensichtlich doch. Er hat eben gesagt, dass ihr zusammen hier wart. Stimmt das oder nicht?«

»Ja, schon, aber das war anders. Ich war hier und er auch, also technisch gesehen waren wir zur selben Zeit hier, aber nicht zusammen. Also wir saßen zwar am selben Tisch, aber eigentlich … wieso willst du das denn so genau wissen?«

Dann zuckte sie zusammen. War Milo etwa doch noch in sie verliebt und nun eifersüchtig? »Hey, da läuft nichts mit dem Typ, ich finde ihn ätzend!«, rief sie sofort.

»Und weshalb sollte mich das interessieren?«, fragte Milo mit leicht aggressivem Unterton.

Luca öffnete den Mund, um eine ehrliche Antwort zu geben, doch dann sagte sie bloß: »Na ja, du hast gefragt …«

»Hab ich nicht. Ich hab mich nur über deinen Umgang gewundert, also dass du jetzt mit solchen Typen abhängst.«

»Ich häng nicht mit ihnen ab. Ich kenn sie bloß. Das bringt die neue Schule mit sich.«

Milo betrachtete den Wal, warf einen Blick auf die *White Lounge* und nickte. »Ja, dein neues Leben bringt so einiges mit sich. Überdimensional große Geschenke, schicke, teure Restaurants, in die du mich einladen willst … Früher warst du happy, wenn wir genug Geld für einen Döner bei Gürcan zusammenkratzen konnten und solche Leute waren deine erklärten Todfeinde. Du hast dich echt verändert und die neue Luca gefällt mir überhaupt nicht!«

Er drückte ihr den Wal in die Arme und ging.

Vollig perplex stand Luca da. Sollte sie Milo hinterherrennen? Mit dem Riesentier im Arm? Nein. Was jetzt? Sie würde den Wal zurückbringen. Sie ging drei Schritte und drehte sich dann noch mal wütend zum Sushi-Restaurant um. Die Jungs saßen am Fenster, Adrian hatte die Szene beobachtet und winkte ihr nun durch die Scheibe zu. Luca warf ihm einen Blick zu, der ihn töten sollte, doch der zeigte keine Wirkung. Adrian lachte bloß.

Shit! Nun hatte sie es sich wieder mit Milo verdorben.

Nachdem sie den Wal wieder zu seinen Artgenossen in den Spielzeugladen gebracht hatte, machte sie sich auf den Nachhauseweg. Sie war immer noch wütend, versuchte sich aber zu beruhigen und versicherte sich, dass sie in der Lage wäre, Milo wieder zu besänftigen. Was redete Milo da für einen Unsinn! Sie hatte sich nicht verändert! Er lag so was von falsch! Oder? Schluss mit Grübeln. Aber eins war klar: Adrian stand ab sofort auf ihrer Feindesliste!

Während Luca die Haustür aufschloss, hörte sie Geplapper in der Küche. Sie ging hin und war doch ziemlich verblüfft, als sie Vanessa dort beim Backen entdeckte. Zusammen mit Mona. Was war das denn? Wieso tat Vanessa so etwas Hausfrauliches? Das war doch unter ihrer Würde. Oder war das jetzt *in?* Da Vanessa sie nicht begrüßt hatte und Mona auch keine Notiz von ihr nahm, ging sie wieder. Wortlos.

Im Wohnzimmer ließ sie sich auf die Couch fallen, nahm ein Buch und las. Eigentlich hatte sie sich bisher immer in ihrem Zimmer aufgehalten, aber nachdem nun diese Villa ihr einziges Zuhause war, sollte sie jetzt auch mal andere Räume benutzen.

Vor lauter Lesen hatte Luca gar nicht gehört, dass Paul und Britta ins Haus kamen, erst als sie in der großen Empfangshalle standen, bemerkte sie die beiden. Leise diskutierten sie. Luca stand auf und schlich näher zur Tür, um sie besser verstehen zu können. Als sie dastand und lauschte, musste sie Milo insgeheim recht geben: Sie hatte sich verändert! So etwas hätte sie früher nie getan. Aber wenn sie auf dem Laufenden sein wollte, musste sie zu solchen Mitteln greifen. Das Lauschen lohnte sich.

»Wir sprechen sie auf keinen Fall darauf an«, sagte Britta.

»Aber vielleicht will sie ja drüber reden«, gab Paul zu bedenken.

»Nein. Vanessa will nie über unangenehme Dinge reden, die ihren Vater betreffen. Wenn sie mir schreibt, dass es toll war mit ihrem Vater und ihr das neue Restaurant gut gefallen hat, dann nehme ich das so hin und spiele mit.«

»Der Kerl hat sie schon wieder versetzt. Wieso sagst du ihr nicht, dass du es weißt?«

»Weil es ihr ziemlich peinlich wäre. Ich will sie nicht in Verlegenheit bringen.«

»Aber sie lügt dich doch an.«

»Schon, aber aus verständlichem Grund.«

Paul seufzte. »Ich weiß nicht, Britta ... innerhalb der Familie sollte man offen miteinander reden.«

Na klar, dachte Luca bitter, so wie du es mit deiner Tochter handhabst!

»Bitte, Paul, lass es uns in diesem Fall einfach mal so machen, wie ich vorgeschlagen habe.«

»Wenn du meinst«, gab er nach. »Aber ich will da nicht dabei sein, ich geh ins Atelier. Ruf mich zum Abendessen.«

»Mach ich. Danke, Schatz.«

Schon beim Wort *Schatz* verdrehte Luca die Augen, als sie auch noch ein Kussgeräusch hörte, schüttelte sie sich. Dann fiel ihr ein, dass sie ohne Deckung war, wenn Britta nun ins Wohnzimmer käme, würde sie ihr gegenüberstehen und wissen, dass sie gelauscht hatte. Nein, das wollte sie nicht. Hektisch blickte sie sich um. Verstecken wäre albern, vor allem war nicht abzusehen, wie lange sie dann in ihrem Versteck gefangen wäre. Nein, sie musste raus. Aber nicht durch die Eingangshalle. Es blieb eigentlich nur ein Fenster. Zwar wäre die Terrassentür wesentlich praktischer, aber die konnte man von der Halle aus sehen. Kurz entschlossen öffnete Luca so leise wie möglich ein Fenster und stieg raus.

»Luca!«

Ertappt zuckte sie zusammen.

Paul war auf dem Weg zum Poolhaus und blieb erstaunt stehen. »Was machst du denn?«

Verflixt, das hätte sie voraussehen müssen. Was sollte sie sagen? Auf keinen Fall die Wahrheit, war ja eh nicht mehr angesagt seit Neuestem.

»Fluchtwege überprüfen«, behauptete sie schließlich, so lässig wie möglich. »Ist Teil meiner Eingewöhnung in mein neues Zuhause.« Sie klang ein wenig ironisch und vorwurfsvoll, das entging ihrem Vater nicht. Schnell lief sie ums Haus herum zur Eingangstür, um jedes weitere Gespräch zu vermeiden. Leider musste sie klingeln. Und da Britta ihr öffnete, war sie nun gezwungen, auch noch mit ihr zu reden.

»Luca! Ich dachte, du wärst im Haus.«

»Ja, dachte ich auch, aber alles ist so groß, neu und verwirrend für mich, ich muss irgendwo falsch abgebogen sein und schwupp, stand ich im Garten.«

Britta schien not amused, der ironische Unterton gefiel ihr wohl nicht.

»Sag mal, wollen wir beide uns nicht mal unterhalten?«

»Unterhalten? Ach echt? Meinst du damit ein Gespräch, in dem jeder seine Meinung zu einem bestimmten Thema preisgibt, und wenn man unterschiedliche Vorstellungen hat, darüber spricht und nach Kompromissen sucht?«

»Luca, bitte!«

Aber Luca war nicht bereit, auf Britta einzugehen. »Ich dachte, ihr teilt mir einfach nur noch mit, was ihr entschieden habt, und ich muss dann damit leben.«

Sie drückte sich an Britta vorbei ins Wohnzimmer, schloss schnell das Fenster, nahm ihr Buch und fläzte sich wieder auf die Couch.

Einmal mehr hörte sie Britta seufzen. Dann sah sie, wie Britta zum Poolhaus ging.

Ja, sollte sie sich ruhig bei Paul über sie beschweren! War ihr doch egal!

Vanessa

Vanessa war sehr zufrieden mit der Muffin-Back-Aktion. Es hatte sich gelohnt: Mona war glücklich, sie war in ihrem Element und sie schien Vanessa dankbar zu sein. Perfekt. Mona hatte sie nun bestimmt wieder auf ihrer Seite.

»Du kannst gern alle Muffins mitnehmen«, bot sie großzügig an. Das sollte jedoch nur der Hinweis sein, dass ihre gemeinsame Zeit ein Ende hatte.

»Super! Dann müssen wir jetzt nur noch die Küche aufräumen.«

»Nein, das macht Frau Fischer.« Vanessa war nämlich langsam erschöpft vom so tun, als würde ihr Muffins backen Spaß machen. Dann fiel ihr ein, dass ihre Haushälterin Urlaub hatte. Egal, denn morgen früh kam ja Dascha, ihre Putzfrau.

Nachdem Mona alle Muffins eingesammelt hatte, strahlte sie Vanessa an und fragte: »Backen wir morgen Nachmittag wieder zusammen?«

Vanessa starrte Mona ein wenig erschrocken an. Also,

so weit ging ihr Einsatz nun doch nicht! Backen oder in der Küche mehr Zeit zu verbringen als für eine schnelle Nahrungsaufnahme nötig, war nicht ihr Ding. Das musste sie irgendwie abbiegen.

Sie lächelte milde. »Tolle Idee«, begann sie. »Aber weißt du was? Wir können doch auch erst mal nur Rezepte sammeln.«

Mona verzog das Gesicht. »Och, also eigentlich bin ich eher daran interessiert, Muffins zu *essen*.«

War ja klar. »Okay, ähm. Dann lasse ich Frau Fischer backen und bringe dir regelmäßig Muffins zum Probeessen mit. Du bist unsere Testesserin und entscheidest, welche Sorte am besten schmeckt.«

Mona war sehr begeistert. »Ja, super. Darin bin ich gut.«

Sie beäugte noch mal das Chaos, das nun in der Küche herrschte, dann zuckte sie mit den Schultern und zog ihr Handy hervor. »Ich rufe mal meine Mutter an, dass sie mich abholt.«

Oh Mann! Dann müsste sie ja noch mehr Zeit mit Mona verbringen!

Vanessa winkte ab, zückte ihr Smartphone und sagte: »Ich ruf dir ein Taxi. Das ist in fünf Minuten da.«

Mona war es recht.

Als Vanessa ihre Freundin zur Tür brachte, bemerkte sie, dass Luca im Wohnzimmer saß.

Sie winkte Mona zum Abschied und wollte hoch in

ihr Zimmer gehen, als plötzlich ein Handy klingelte. Es lag auf der Kommode in der Halle. Vanessa ging näher, um nachzusehen, wessen Handy es war. Pauls.

»Hey«, rief sie ins Wohnzimmer. »Dein Vater bekommt gerade einen Anruf.«

»Und?«

»Na, vielleicht ist es ja eine seiner alten Flammen ...«

Luca sprang sofort auf und lief zum Telefon. »Michelle«, las sie auf dem Display. »Bingo!«, rief sie und nahm den Anruf an.

»Hallo, Michelle!«

Vanessa war nun stehen geblieben und wartete gespannt ab, während Luca telefonierte.

»Ja, ich bin's. Paul hat mal wieder sein Handy einfach rumliegen lassen. Er ist im Atelier. Kann ich ihm was ausrichten? – Ach, weißt du was? Wieso kommst du nicht einfach vorbei? Überrasch ihn doch. Bestimmt freut er sich. – Jetzt gleich? Ja, er ist da. – Sicher. Kein Problem!«

Vanessa nickte anerkennend.

Luca legte auf. »Es geht los! Michelle wird in einer Stunde hier sein.« Eifrig schaute sie sich um. »Müssen wir noch irgendetwas tun? Was vorbereiten oder so?«

Vanessa dachte nach. »Wir sollten entscheiden, ob es besser ist, wenn meine Mutter dabei ist oder nicht.«

Doch diese Entscheidung wurde ihnen abgenommen: Britta kam wieder ins Haus. Als sie die beiden nebeneinanderstehen sah, offensichtlich in ein Gespräch verwickelt, freute sie sich.

»Hattet ihr einen schönen Nachmittag?«

»Nein, aber ich hoffe, der Abend wird besser«, meinte Luca.

Britta schien unsicher, ob sie nachfragen sollte oder nicht.

»Mein Tag war fabelhaft«, schwärmte Vanessa. »Dad ist immer so großzügig und verwöhnt mich.« Sie sagte das mit einem Unterton, der bei ihrer Mutter ein schlechtes Gewissen hervorrufen sollte.

Britta schluckte kurz, dann meinte sie: »Das freut mich. Ich wollte jetzt das Abendessen vorbereiten. Habt ihr bestimmte Wünsche, was ich kochen soll?«

Ohne eine Antwort abzuwarten, ging sie zur Küche.

Dann hörte man Britta ausrufen: »Wie sieht es denn hier aus?«

»Mist!«, fluchte Vanessa. »Das war Luca!«, rief sie. »Sie hat Muffins gebacken.«

Luca funkelte sie wütend an, doch bevor Luca das klarstellen konnte, schaute Britta wieder aus der Küche und sagte: »Das ist ja nett. Die können wir ja dann zum Nachtisch essen. Wo sind sie?«

Luca blickte fragend zu Vanessa.

Doch die grinste nur. »Die sind leider nichts geworden, Luca muss noch üben. Wir haben sie weggeworfen.«

»Ähm, na ja, macht nichts«, meinte Britta. »Aber es wäre toll, Luca, wenn du auch wieder aufräumen würdest.«

»Sicher«, meinte Luca mit zusammengebissenen Zähnen. »Ist doch selbstverständlich, dass man das Durcheinander, das man verursacht, auch wieder beseitigt.« Sie lächelte Vanessa zuckersüß an. »Bestimmt hilfst du mir dabei, nicht wahr?«

Brittas Handy klingelte. Es war ihre Angestellte aus der Galerie. Britta verhandelte, argumentierte, zog ein etwas ärgerliches Gesicht und seufzte schließlich. »Ich finde es unmöglich, dass er sich nicht an die Absprache hält. Wir hatten den Termin für morgen ausgemacht. – Ich weiß, wichtiger Kunde. – Wann kommt er?« Britta warf einen Blick auf die Uhr. »Ja, das krieg ich hin. Bin gleich da.« Sie legte auf und sah die beiden Mädchen entschuldigend an.

»Ich muss noch mal in die Galerie. Tut mir leid. Es wird bestimmt ein oder zwei Stunden dauern.« Dann schien sie eine Idee zu haben und lächelte. »Ihr beide könntet doch das Abendessen machen. Wenn ich zurückkomme, können wir uns gleich an den Tisch setzen.«

Vanessa zog ein empörtes Gesicht.

»Kein Problem, machen wir«, sagte Luca schnell.

Britta nickte und ging.

Luca hatte angefangen, die Spülmaschine einzuräumen. Nachdem Vanessa sich nicht in Bewegung setzte, etwas zu tun, schaute Luca sie auffordernd an.

»Wir räumen jetzt nicht im Ernst die Küche auf!«, meinte Vanessa.

»Ach ja, wer denn sonst? Die Heinzelmännchen?«

»Dascha. Sie kommt ja morgen.«

»Wir sollen doch Abendessen machen. Wie, bitte schön, sollen wir hier kochen?«

»Das kann ich eh nicht.«

»Aber ich. Mal sehen, was ihr dahabt.« Sie öffnete den Kühlschrank und inspizierte den Inhalt. »Es ist eine Menge Gemüse da. Das können wir klein schnippeln, in der Pfanne anbraten und Reis dazu servieren.«

»Wieso kannst du so was?«

»Weil ich für Paul und mich koche, seit ich sieben Jahre alt war.«

»Und warum hat deine Mutter das nicht gemacht?«

Luca wandte sich Vanessa zu. »Du hast dich echt nicht die Bohne dafür interessiert, wie Pauls und mein Leben bisher war, oder? Hast dich nie bei Britta erkundigt?«

»Nein, wozu auch? Ich hatte ja keine Ahnung, dass es mal ernst wird mit den beiden. Also, was ist mit deiner Mutter?«

»Sie ist gestorben, als ich zwei Jahre alt war.«

Vanessa war etwas betroffen. »Oh, tut mir leid«, murmelte sie.

»Schon okay.«

Etwas zögerlich begann Vanessa nun, beim Aufräumen mitzuhelfen.

Plötzlich stoppte sie und drehte sich um. »Mein Vater ist ein Idiot. Er hat mich heute versetzt!«

Völlig überrascht sah Luca Vanessa an.

»Aber das ist nichts Neues, so war er schon immer«, sagte Vanessa und nahm ihre Arbeit wieder auf.

»Wieso erzählst du mir das?«, fragte Luca.

»Na ja, wollte damit sagen, dass bei mir auch nicht alles so perfekt ist, selbst wenn es danach aussieht.«

Luca nickte nur und begann, die gesäuberten Backbleche wieder in den Ofen zu räumen.

»Wieso hast du eigentlich Muffins gebacken?«

»Wieso nicht?«

»Ist nicht gerade etwas, was zu dir passt.«

Eigentlich wollte Vanessa empört reagieren, dann aber grinste sie zurück. »Nee, weiß Gott nicht. Und das war auch eine einmalige Sache.«

»Wolltest du Mona einen Gefallen tun?«

Vanessa überlegte kurz. »Ja, das könnte man so sagen.«

»Das ist nett von dir, wenn du was für eine Freundin tust, obwohl es dir keinen Spaß macht.«

»Du sagst das mit so einem lauernden Unterton. Glaubst du, ich mach nie was für andere?«

Luca hielt in der Bewegung inne. »Na ja, sagen wir mal so: Ich glaube, selbst wenn es selbstlos aussieht, hast du doch immer deinen Vorteil im Auge.«

Vanessa lächelte stolz. »Allerdings!«

Luca nickte beruhigt.

»Okay. Ich dachte schon, ich hätte dich falsch eingeschätzt.«

»Hey, da ist nichts falsch dran. Ich muss sehen, wo ich bleibe. Ist ja nicht so, als würden die Leute Schlange stehen, um mich glücklich zu machen.«

»Die stehen bei niemandem Schlange. Man muss schon selbst dafür sorgen, dass man glücklich ist.«

»Eben. Genau meine Devise.«

»Und was war das jetzt mit Mona?«

Vanessa zögerte. Sie würde doch nicht ihrer Erzfeindin Luca von ihrem Problem mit den BFFs erzählen! Am besten antwortete sie einfach gar nicht.

»Delia spielt sich ziemlich auf«, meinte Luca nach einer Weile.

Verblüfft blickte Vanessa sie an. »Echt? Das ist dir aufgefallen?«

»Ja, ich glaube, sie sieht dich als Konkurrenz.«

»Genau! Sie will mich wegbeißen! Aber hey, nicht mit mir!«

Luca nickte.

»Du kannst Delia nicht leiden?«, fragte Vanessa misstrauisch.

»Himmel nein! Sie ist total ätzend. Noch schlimmer als du!«

Vanessa war etwas irritiert. Was sollte das denn jetzt?

Sie zuckte bloß mit den Schultern. »Ich finde dich ebenfalls nach wie vor unerträglich.«

»Prima. Dann sind wir uns ja wieder mal einig. Aber wenn du Unterstützung brauchst, wegen Delia, sag Bescheid. Arrogante aufgedonnerte Posh-Girls in ihre Schranken zu verweisen, würde mir Spaß machen.«

Vanessa war nicht sicher, ob sie sich über diesen Satz freuen sollte. Aber bevor sie reagieren konnte, klingelte es an der Haustür.

Die beiden schreckten hoch.

»Michelle!«, rief Luca aufgeregt. »Es geht los.«

Sie rasten zum Eingang, bremsten kurz davor ab und warteten noch einen Moment, bevor sie öffneten.

Vor der Tür stand eine junge Frau, überdurchschnittlich gut aussehend, etwas zu stark geschminkt, sehr sexy gekleidet, äußerst erwartungsvoll strahlend, aber man sah auf den ersten Blick, dass sie nicht zur intellektuellen Elite gehörte.

»Luna-Schätzchen«, flötete Michelle und warf Luca einen Luftkuss zu.

»Luca. Wenn, dann *Luca*-Schätzchen«, korrigierte Luca mit gespielter Freundlichkeit.

»Du bist aber groß geworden«, wunderte sich Michelle lächelnd.

»Tja, also, ich hab alles versucht, um klein zu bleiben, aber ohne Erfolg.« Vanessa gefiel Lucas ironische Art irgendwie, und als Luca dann noch zuckersüß zu

Michelle sagte: »Du bist aber auch älter geworden ...«, hatte sie ihre uneingeschränkte Bewunderung. Luca war echt gut!

Michelle schien nicht sehr glücklich über diese Feststellung, aber nun war sie abgelenkt von der feudalen Villa mit ihrer teuren Inneneinrichtung.

»Donnerwetter, Paul ist ja echt zu Geld gekommen.«

»Nee, also, das ist nicht ...«, begann Luca.

Vanessa unterbrach sie. »Also, das ist noch gar nichts. Sie sollten mal sein Haus in Monte Carlo sehen!«

Luca sah Vanessa erstaunt an. Vanessa drehte sich zu Michelle und gab ihr die Hand. »Ich bin Vanessa. Lucas ... Cousine. Onkel Paul war so lieb, mich und meine Mutter vorübergehend hier aufzunehmen. Weil wir ... finanzielle Schwierigkeiten haben.« Und um endgültig freie Bahn für Michelle zu schaffen, fügte sie hinzu: »Meine Mutter ist Pauls Schwester.«

Luca schien das etwas zu missfallen, aber sie sagte nichts.

Michelle wunderte sich: »Paul hat mir nie was von einer Schwester erzählt.«

»Ja, mir auch nicht«, mischte sich Luca ein. »Soll ich dich zu ihm bringen?«

Michelle zog einen Taschenspiegel hervor, überprüfte ihr Make-up, zog sich die Lippen nach und meinte dann: »Ja.«

»Hier entlang.« Luca winkte Michelle zur Tür hinaus.

Vanessas Blick fiel auf Pauls Handy auf der Kommode, sie nahm es und lief hinter Luca er. »Hier. Gib ihm das. Für alle Fälle.«

Luca grinste. »Damit er keinen Anruf verpasst.«

»Eben.«

Vanessa hörte noch, wie Luca zu Michelle sagte: »Und sprich ihn nicht auf seine Schwester an. Er gibt nicht gern zu, dass er eine Schwester hat.«

Kleine verwunderte Pause, aber dann kam das »Okay«.

Vanessa lächelte. Luca war ein guter »Partner in Crime«.

Jetzt mussten sie nur noch das Abendessen zaubern. Luca hatte zwar gesagt, sie würde kochen, aber Vanessa hatte Angst, irgendwie mithelfen zu müssen. Gemüse klein schneiden oder so. Sie würde das Tischdecken übernehmen, das war genug Einsatz. Am liebsten würde sie vorschlagen, einfach Essen zu bestellen, aber da ihre Mutter neue Spielregeln, was Geld anbetraf, aufgestellt hatte, war das keine Option.

Sie wollte Frieden wahren, solange sie und Luca damit beschäftigt waren, diese Zwangsgeschwister-Nummer rückgängig zu machen.

Als Luca wiederkam, lief sie ins Esszimmer, stellte sich an verschiedene Plätze und sah prüfend aus dem Fenster.

»Was machst du da?«, fragte Vanessa.

»Ich teste, von wo man den besten Blick auf das Poolhaus hat. Wir müssen sichergehen, dass deine Mutter Paul und Michelle auch sieht.«

»Sehr gut. Ich werde mich zu ihr setzen, sicherheitshalber. Falls es ihr nicht auffällt, kann ich sie ja darauf aufmerksam machen.«

»Perfekt. Ich werd jetzt kochen. Was machst du? Du solltest schon mal ...«

»Nerv nicht! Ich deck den Tisch!«

Luca schien etwas überrascht, dass sie das freiwillig angeboten hatte.

Vanessa war gerade dabei, die letzten Bestecke auf dem Tisch zu platzieren, als ihre Mutter hereinkam.

»Vanessa! Du deckst den Tisch?«, rief sie erstaunt.

»Ja. Wieso wundert dich das?«

»Ich hatte nicht damit gerechnet, dass du überhaupt weißt, wo bei uns das Geschirr steht«, lachte sie.

»Wusste ich auch nicht, ich musste jede Menge Schränke öffnen.«

Als Britta sie stolz und dankbar ansah, fühlte sich Vanessa für eine Sekunde ein wenig mies, aber dann musste sie nur an die neuen Erziehungsmaßnahmen ihrer Mutter denken und das schlechte Gewissen war wieder verflogen.

»Luca kocht«, meinte sie bloß.

Britta ging in die Küche, sah Luca am Herd und schnupperte. »Das riecht ja schon sehr verlockend. Chinesisch?«

Luca nickte. »Essen ist in fünf Minuten fertig.«

Britta seufzte glücklich. »Vanessa deckt den Tisch, Luca kocht, und alles ist so friedlich!« Die Idylle schien ihr zu gefallen. »Ich geh zu Paul und sag ihm Bescheid, dass es gleich Essen gibt.«

Luca hielt sie zurück. »Ich ruf ihn an und sag ihm, dass er kommen soll. Setz dich einfach schon an den Tisch.«

Britta verschwand lächelnd im Esszimmer.

Nachdem Luca mit Paul gesprochen hatte, gab sie Vanessa ein Zeichen, dass es gleich losgehen würde. Vanessa setzte sich neben ihre Mutter, den Blick in den Garten auf das Poolhaus gerichtet.

Ihre Mutter drehte sich zu ihr und wollte ein Gespräch anfangen, doch das war nicht gut, dann würde sie Michelle und Paul ja nicht sehen. Vanessa deutete in den Garten und sagte: »Sollten wir das Poolhaus nicht mal neu streichen lassen?«

Britta schaute nach draußen, antwortete aber nicht, da sie nun abgelenkt war.

Vanessa stellte mit Genugtuung fest, dass alles perfekt lief: Paul stand mit Michelle vor dem Poolhaus und schien sich zu verabschieden. Michelle fiel Paul um den Hals, als sie ihn wieder freigab, begleitete er sie den gepflasterten Weg zum Haus entlang und sie waren außer Sichtweite.

Vanessa beobachtete ihre Mutter, die etwas blass geworden war, und schluckte. Sie biss sich auf die Lippen und atmete unregelmäßig.

»Ich seh mal nach, ob ich Luca noch was helfen kann«, rief Vanessa, sprang auf und lief in die Küche.

»Es hätte nicht besser laufen können«, teilte sie Luca mit.

»Super. Dann sehen wir uns jetzt mal die Fortsetzung an«, meinte Luca grinsend und sie trugen das Essen rüber.

Paul schloss die Haustür auf und ging ins Esszimmer, wo ihn eine etwas säuerlich dreinblickende Britta erwartete.

Aber bevor sie etwas sagen konnte, klingelte sein Handy. Er ging dran.

»Jessica!«, rief er überrascht. »Ja, ich bin umgezogen.« Er warf Britta einen entschuldigenden Blick zu. Inzwischen saßen alle am Tisch und beobachteten ihn erwartungsvoll.

»Du, Jessica, ich hab jetzt keine Zeit. Ich muss … – Na klar. Komm vorbei. Ich bin meistens zu Hause. Ruf aber vorher noch mal an. – Okay. Bis morgen dann.«

Er legte auf, und verkündete arglos: »Hey, ich bin wirklich sehr populär. Erst Michelle, jetzt Jessica.« Sein Blick fiel auf das Essen. Er wandte sich an seine Tochter. »Ah, Lucas Spezial-Veggie-Chinesisch.«

Er sah gut gelaunt in die Runde und nahm Platz.

Britta versuchte sich zu beherrschen, aber dann fragte

sie doch etwas spitz: »Jessica und Michelle – sind das Kunstinteressentinnen?«

Paul lachte. »Von Kunst verstehen sie nicht viel.«

Brittas Augen weiteten sich leicht. Paul schien sich keiner Schuld bewusst.

»Und was wollen sie von dir?«

»Keine Ahnung. Sich mal melden.«

»Also, wenn sie dir keine Bilder abkaufen, gibt es ja eigentlich keinen Grund, dass du dich mit ihnen triffst.«

Nun realisierte Paul Brittas Gemütslage. Er winkte ab. »Keine Sorge, das hat nichts zu bedeuten.«

»Gut, dann kannst du Jessica ja wieder absagen.«

Paul schaute Britta verblüfft an. Er wollte sich äußern, dann nahm er wahr, dass Luca und Vanessa ihn sehr gespannt beobachteten, und er schwieg. »Wir reden später darüber, okay?«

Wieder klingelte sein Handy.

Ertappt zuckte er zusammen. Er warf einen Blick auf das Display.

Auch Britta beugte sich nun über sein Handy.

»Andrea?«, fragte sie. »Auch jemand, der nicht an Kunst, sondern am Künstler Interesse hat?«

Paul drückte den Anruf weg.

»Britta, ich hab keine Ahnung, wieso die sich jetzt auf einmal alle melden. Liegt vielleicht daran, dass ich in allen Zeitungen stand, was weiß ich.«

Vanessa merkte ihrer Mutter an, dass sie sauer war.

Sie warf Luca einen »Es läuft super«-Blick zu, Luca nickte und schmunzelte.

»Ich finde das sehr merkwürdig«, sagte Paul.

»Das finde ich allerdings auch«, meinte Britta mit Nachdruck.

Luca

Lucas Laune hatte sich enorm gebessert. Vanessa war zwar nach wie vor eine verwöhnte Ziege, aber ihre gemeinsame Aktion verlief vielversprechend.

Als sie jedoch zum Frühstückstisch schlenderte, bekam ihre Laune einen Dämpfer. Britta und Paul turtelten. Offensichtlich waren sie wieder ein Herz und eine Seele, alles schien geklärt.

Auch Vanessa bemerkte es sofort, als sie sich an den Tisch setzte, und warf Luca einen fragenden Blick zu.

Luca verzog das Gesicht. Sie würden reden müssen. Später. Erst mal musste sie sich auf den Weg zur Schule machen. Luca stand auf. »Also, ahoi, ich fahr jetzt.«

»Du musst auch los, Vanessa«, mahnte Britta, da Vanessa seelenruhig sitzen blieb.

»Wieso? Du fährst mich doch, da hab ich noch Zeit.«

Britta strahlte. »Ich hab eine Überraschung für dich.«

»Wenn es kein Chauffeur mit Limousine ist, bin ich nicht interessiert«, erwiderte Vanessa schroff.

»Komm einfach mit. Du wirst begeistert sein!«

Vanessa zog misstrauisch die Stirn in Falten und folgte ihrer Mutter etwas widerwillig. Gemeinsam mit Luca verließen sie das Haus. Britta öffnete die Garage.

Dort stand ein funkelnagelneues Fahrrad. In Pink mit aufgemalten Hawaii-Blumen. Die Reifen waren breiter als bei anderen Rädern und es sah auch irgendwie gemütlicher aus.

»Tatatata! Dein Beachcruiser!«, rief Britta stolz.

Vanessa schien eher verblüfft als erfreut, sie murmelte nur: »Das ging aber schnell.«

Ihre Mutter nickte. »Ja, ich hab's per Over-Night-Delivery schicken lassen.«

»So eilig hattest du es also damit, deine Tochter nicht mehr zur Schule fahren zu müssen.«

Britta war enttäuscht.

»Vanessa! Darüber hatten wir doch gesprochen. Und du hast gesagt, wenn ich dir ein neues Fahrrad kaufe, ist alles okay.«

Eilig lenkte Luca ihr Rad aus der Garage, das Gezicke von Vanessa wollte sie sich nicht weiter anhören. Doch dann wartete sie draußen, weil sie ja noch einiges zu besprechen hatten.

Missmutig kam Vanessa kurz darauf mit dem neuen Rad zu ihr.

Luca meinte: »Also das Rad ist echt cool. Völlig anders, definitiv nicht mainstream. Gute Wahl.«

Vanessa schien verblüfft über das unerwartete Lob.

Gemeinsam schoben sie die Räder bis zur Straße, dort warteten sie auf Theresa.

»Bei Britta und Paul herrscht wieder Friede, Freude, Eierkuchen«, begann Luca.

»Ja. Mist. Die zwei scheinen die Krise überstanden zu haben. Ich hatte echt gehofft, das Date würde für mehr Wirbel sorgen. Wahrscheinlich hat meine Mam ihn gezwungen, alle Nummern von fremden Frauen zu löschen und sich nie wieder mit einer anderen zu verabreden.«

»Und er sagt natürlich zu allem Ja und Amen!«

»Mit dieser Eifersuchtsnummer waren wir schon auf dem richtigen Weg. Gibt es vielleicht noch irgendeine Ex, die sich nicht abwimmeln lässt und hartnäckig ist?«

Luca überlegte. Dann lächelte sie. »Ich glaub, ich hab noch eine Geheimwaffe.«

»Aha?«

»Hannah! Vom Bioladen im Viertel. Mit ihr war er relativ lange zusammen und sie sind immer noch beste Freunde. Vor allem deshalb, weil ich mich auch super mit Hannah verstanden habe. Ehrlich gesagt, ich hätte nichts dagegen gehabt, wenn aus den beiden was geworden wäre.«

Vanessa schien sehr interessiert. »Na, dann helfen wir da doch mal ein bisschen nach. Würde er sich denn mit Hannah treffen?«

»Nicht nach dem Vortrag, den deine Mutter ihm offenbar gehalten hat.«

»Würde Hannah ihn hier besuchen?«

»Einfach so? Ohne Grund? Eher nicht.« Dann strahlte Luca. »Aber sie würde *mich* besuchen.«

»Gut! Lad sie ein!«

»Mach ich. Gleich heute Nachmittag. Ich fahr eh mit Theresa ins Viertel.«

Vanessa hatte plötzlich eine süßsaure Miene.

»Du kannst mitkommen, wenn du willst …«, bot Luca an.

»Was denn? Mehr Zeit als nötig mit dir verbringen? Nein danke.«

»Puh, Gott sei Dank. Weiß auch nicht, was in mich gefahren ist, dir so was anzubieten.«

»Also, schlepp diese Hannah mal an, dann sehen wir weiter.«

Theresa fuhr mit ihrem Rad auf die beiden zu. Vanessa warf Luca einen bösen Blick zu und sagte: »Und lass meine Freundinnen in Ruhe, verstanden?«

»Hey, es war nicht meine Idee. Theresa hat das vorgeschlagen.«

»Man kann ja auch ablehnen!«, zischte sie noch schnell, dann lächelte sie Theresa an. »Hi, Theresa!«

Die hatte vor Staunen die Augen aufgerissen. »Wahnsinn! Vanessa mit Rad? Wie kommt's?« Fragend sah sie Luca an. Die zuckte sicherheitshalber mit den Schultern, sie wollte Vanessa die Erklärung überlassen.

Und prompt warf Vanessa den Kopf zurück und meinte leichthin: »Ach, ich denke, wir sind langsam zu alt, um uns von unseren Müttern durch die Gegend fahren zu lassen. Mit Rad ist man einfach unabhängiger.«

Theresa nickte und wandte sich grinsend an Luca. »Das ist wohl dein Einfluss?«

Luca wehrte schnell an. »Nee, ganz bestimmt nicht.«

Vanessa schien etwas verärgert. Eingehend betrachtete Theresa nun den Beachcruiser.

»Was für ein Rad! Ist ja oberklasse.« Sie lächelte Vanessa an. »Passt echt gut zu dir.«

Nun war Vanessa wieder zufrieden.

Zu dritt fuhren sie los.

Als sich dann auf halber Strecke auch noch Annabell zu ihnen gesellte und es erneut ein großes Hallo wegen Vanessas Rad gab, blühte Vanessa regelrecht auf. Die Anerkennung ihrer Freundinnen schien ihr enorm wichtig zu sein.

Luca überlegte, ob sie ihr Angebot, dass Vanessa heute Nachmittag mitkommen könnte, aufrechterhalten sollte. Das war der einzige Kompromiss, den sie eingehen würde. Eine Frechheit von Vanessa, von ihr zu erwarten, dass sie Theresa mied, nur weil sie zu ihren Freundinnen gehörte.

Während der Fahrt plapperte zunächst Annabell, dann übernahm Vanessa das Gespräch. Sie berichtete von dem tollen Treffen mit ihrem Vater und dem Lunch mit ihm in diesem In-Restaurant. Luca war hin- und hergerissen zwischen Mitleid und Verachtung. Dann hörte sie einfach nicht mehr hin.

Sie horchte erst wieder auf, als der Name Adrian fiel. Annabell hatte ihn ins Spiel gebracht, Vanessa schien ausgesprochen interessiert. Nun sagte Annabell: »Adrian hat ständig andere Mädels am Start.«

»Er hat eben noch nicht die Richtige gefunden«, nahm Vanessa ihn in Schutz.

Annabell kicherte. »Dann haben wir ja noch Chancen …«

Vanessa warf ihr einen tadelnden Blick zu. »Wir?«

Annabell verstand. »Du«, korrigierte sie schnell.

Vanessa war zufrieden, sagte aber: »Ich hab noch nicht entschieden, ob ich überhaupt Interesse an ihm habe.«

Dass das gelogen war, wusste jeder.

Annabell hatte das Gefühl, etwas wiedergutmachen zu müssen und flötete: »Ihr beide wärt aber das ideale Paar.«

Dieser Ausspruch zauberte ein Lächeln auf Vanessas Lippen.

»Ehrlich gesagt kapier ich die ganze Aufregung um den Typ nicht so ganz«, sagte Theresa. »Er steht immer wie ein Gockel auf dem Schulhof und findet sich unwiderstehlich.«

Luca war ganz Theresas Meinung, aber sie hielt sich zurück.

Vanessa widersprach sofort. »Er sieht traumhaft gut

aus, ist total cool und bestimmt, was läuft. Er ist perfekt!«

»Ja, total«, schwärmte Annabell, was bei Vanessa wieder Missmut hervorrief, obwohl Annabell ihr recht gegeben hatte.

Luca wunderte sich. Das schien ja wirklich eine komplizierte Angelegenheit für Vanessa zu sein. Wieso fand sie so einen Typ nur gut? Als Luca ihn damals in der *White Lounge* zusammen mit Vanessas BFFs getroffen hatte, hatte er über Vanessa gelästert.

»Und wie findest du Adrian?« Annabell hatte sich plötzlich an Luca gewandt.

»Unglaublich blöd!«, antwortete Luca, ohne weiter darüber nachzudenken. Und sie hatte ja auch noch ein Hühnchen mit ihm zu rupfen.

Lucas Antwort führte dazu, dass Annabell nach Luft schnappte, ängstlich zu Vanessa blickte, die sehr schmale Lippen bekam und stur geradeaus sah. Nur Theresa grinste leicht.

Soweit Luca wusste, hatte keine der BFFs einen festen Freund. Das lag unter anderem daran, dass, wann immer sich ein Junge für eine aus der Clique interessierte, Vanessa und Delia ihn sofort unter die Lupe nahmen und jedes Mal zu dem Schluss kamen, dass er nicht cool genug sei. Delia und Vanessa waren zwar sehr umschwärmt, aber beide überboten sich derart in ihren hohen Ansprüchen, dass sowieso kein Junge ihre Anforderungen erfüllte. Sie hielten nach der passenden Partie Ausschau, was bedeutete: Er musste blendend aussehen, aus bester Familie kommen und absolut *in* sein, sprich jedes Mädchen musste auf ihn abfahren. Dann erst zogen sie überhaupt in Erwägung, sich in ihn zu verlieben. Adrian schien wohl der perfekte Kandidat zu sein, denn er war ständig Thema bei den Mädchen. Vanessa war daher verzweifelt darum bemüht, seine Aufmerksamkeit zu bekommen, bisher jedoch ohne Erfolg. Ihre schärfste Konkurrentin war Delia.

Wieder fragte sich Luca, wieso Theresa sich mit diesen Mädchen abgab. Aber wenn man sie so zu viert zusammen zur Schule fahren sah, würde man wohl annehmen, auch Luca wäre eine von ihnen. Bei diesem Gedanken schüttelte es sie.

Vanessa

Nachdem sie ihre Räder an der Schule in die Fahrradständer gestellt und abgeschlossen hatten, ging Luca zügig Richtung Schulhof, Theresa folgte ihr, während Annabell brav auf Vanessa wartete und noch einmal eingehend ihr Rad bewunderte.

»Fährst du ab jetzt mit dem Rad?«, fragte sie Vanessa.

Vanessa straffte sich und sagte in möglichst gut gelauntem Ton: »Ja klar.«

Annabell jubelte: »Das ist so toll! Dann können wir immer zusammen fahren.«

»Das ist ja die Idee dabei.«

»Super!«

Vanessa war sehr zufrieden. Gar nicht schlecht, diese Radfahr-Aktion, so kam sie wieder an ihre Mädels ran. Annabells neu erwachte Anhängerschaft musste zementiert werden.

Sie beugte sich zu Annabell vor und sagte, so als würde sie ihr ein Geheimnis anvertrauen: »Du weißt, dass ich das wegen dir mache.«

»Wie? Echt jetzt? Wieso?«

»Damit du dich nicht ausgeschlossen fühlst.«

Annabell wunderte sich, aber bevor sie ihrer Verwunderung Ausdruck geben konnte, flüsterte Vanessa: »Na, dann hört Delia vielleicht auf, über dich zu lästern.«

Annabells Augen wurden ganz groß. Erschrocken fragte sie: »Sie lästert über mich? Aber wieso denn?«

»Weil du mit dem Rad fahren musst. Und ich dachte, ich steh dir bei, indem ich das jetzt auch tue. Dann sieht sie, dass Radfahren keine Notlösung für arme Leute ist, sondern dass es auch It-Girls tun.«

Nachdem Annabell den Part von wegen »Notlösung für arme Leute« verwunden hatte, sah sie Vanessa voller Dankbarkeit an. »Das ist so lieb von dir!« Sie warf noch mal einen Blick auf Vanessas Rad und sagte, um ihr nun auch eine Freude zu machen: »Und du hast echt das mit Abstand coolste Rad.«

Vanessa nickte. Natürlich hatte sie das. Annabell musste das gar nicht erwähnen. Aber dennoch schenkte Vanessa ihr ein freundliches Lächeln. Okay, also Mona hatte sie Muffin-technisch auf ihre Seite gezogen und nun war auch Annabell wieder ein Vanessa-Anhänger. Das war gute strategische Arbeit. Vanessa war sehr zufrieden mit sich. So schnell konnte sich das Blatt wenden.

Auf dem Schulhof stand Mona mit Delia zusammen. Lockend hob Vanessa eine kleine Tüte in die Höhe und rief Mona zu: »Hier ist der Rest der Muffins, die wir gestern bei *Muffin Heaven* geholt haben. Du hast sie nach dem Backen bei mir zu Hause stehen lassen.«

So, nun hatte Delia die Infos, dass sie einen fabelhaften Nachmittag mit Mona gehabt hatte. Delias Miene wurde entsprechend säuerlich. Als Annabell dann auch noch rausposaunte, dass Vanessa einen supercoolen neuen Beachcruiser hätte und sie nun immer zusammen mit dem Rad fahren würden, war Delias Laune restlos im Keller.

»Ach wie schön«, meinte sie kühl und bemühte sich nicht mal, ihre Ironie zu verbergen.

Aber Vanessa wusste, es wäre nur eine Frage von Minuten, bis Delia zu ihr kommen und sich wieder einschmeicheln würde.

Es klingelte zur ersten Stunde. Als sie reingingen, hielt Delia Vanessa zurück.

»Du hattest recht«, meinte sie leise zu ihr.

Vanessa zog nur eine Augenbraue in die Höhe und meinte: »Womit?«

»Luca ist absolut unmöglich. Sie passt wirklich nicht zu uns.«

Mit Genugtuung nickte Vanessa diesen Satz ab.

Ermutigt fuhr Delia fort: »Sie ist völlig unterbelichtet und total naiv.«

Also bei aller Feindschaft, die Vanessa für Luca empfand – das stimmte nun nicht.

Diplomatisch sagte sie: »Man sollte sie nicht unterschätzen.«

»Sie hat sich über mich lustig gemacht!«, beschwerte sich Delia.

Vanessa musste sich ein zufriedenes Grinsen verbeißen. Vielleicht sind die Feinde ihrer Feinde ja ihre Freunde?

»Das wird sie bereuen«, meinte Delia schroff. »Wir müssen uns was überlegen, um sie in ihre Schranken zu verweisen! Ihr eine Lektion erteilen.«

Ach ja? Nun war Delia plötzlich auf ihrer Seite? Falscher Zeitpunkt. Momentan musste Vanessa mit Luca zusammenarbeiten, um einen Plan auszuführen, der in ihrem beiderseitigen Interesse war. Das würde sie nicht gefährden, nur um Delias Rachegelüste zu stillen. Außerdem brauchte sie Delias Wohlwollen jetzt nicht mehr. Sie hatte ja die anderen Mädchen wieder auf ihrer Seite.

Kritisch blickte sie Delia an, dann entschied sie sich für eine wegwerfende Handbewegung und sagte: »Ach weißt du, das ist mir zu kindisch.«

Delia schnappte nach Luft. Vanessa lächelte und ging ins Gebäude.

Auf dem Flur vor ihrem Klassenzimmer wurde sie von Adrian, Jan und Mario überholt. Vanessas Herz machte einen unplanmäßigen Hüpfer und sie musste sich zähneknirschend eingestehen, dass sie nach wie vor in Adrian verknallt war. Schien nicht so einfach zu sein, sich vorzunehmen, jemanden doof zu finden.

Luca, die nicht in ihrer Klasse, sondern in der Parallelklasse war, lief ein paar Schritte vor ihr.

Als Adrian Luca sah, legte er seine Hand auf ihre Schulter und fragte: »Hey, wegen gestern … hab ich dir da was versaut? Stehst du auf den Typ?«

Nun setzte Vanessas Herz aus. Was war das denn? Wieso sprach er so vertraut mit Luca? Und was war gestern? Von welchem »Typ« redete er?

»Ist alles okay?«, fragte Annabell.

»Sicher!«, fauchte Vanessa.

»Du bist plötzlich so blass geworden.«

Ärgerlich sah sie Annabell an. Jetzt brauchte sie eine gute Ausrede.

»Ja, weil mir gerade eingefallen ist, dass ich … die Mathe-Hausaufgaben nicht gemacht habe.«

»Ach so! Ich dachte schon, es hätte mit *ihm* zu tun.« Annabells Kopfbewegung in Richtung Adrian war nicht gerade subtil.

»Gott! Nein!«

»Weißt du, was er meint?«

»Ja, Luca hat's mir erzählt, aber das sag ich dir später.«

Im Augenwinkel beobachtete sie, wie Luca ihre Schulter unter Adrians Hand wegzog und ihn wütend anstarrte. Adrian lief unbeeindruckt neben ihr her und redete weiter auf sie ein.

Vanessa war fassungslos. Luca war so hinterhältig! Das machte sie doch extra! Sie tat zwar abweisend Adrian gegenüber, aber das war bestimmt nur ein Trick, um sich interessant zu machen. Okay, das war's: Schluss mit Harmonie und Friede zwischen ihr und Luca. Vanessas Miene wurde eiskalt.

Delia hatte die Szene beobachtet, ging an Vanessa vorbei, meinte spottend: »Konkurrenz in der eigenen Familie?«, und verschwand im Klassenzimmer. Verflixt! Ausgerechnet Delia hatte das mitbekommen. Das würde sie enorm zurückwerfen. Ob sie sich nun doch Delias »Luca eine Lektion erteilen«-Aktion anschließen sollte? Besser nicht, denn Delia würde ahnen, dass es mit Adrian zu tun hatte. Und diese Blöße wollte Vanessa sich nicht geben. Das Thema Adrian würde sie mit Luca allein ausmachen.

Annabell sah Vanessa mitleidig an. »Was machst du denn jetzt?«

»Nichts! Ist mir völlig egal!«

»Aber wir haben doch gleich Mathe.«

Vanessa reagierte nicht. Sie war mit ihren Gedanken immer noch bei Luca und Adrian. Was lief da? Stand Adrian etwa auf Luca?

»Willst du noch schnell von mir abschreiben?«

Verwirrt drehte sie sich zu Annabell um. Wovon redete sie?

»Oder du könntest sagen, dass du gestern Nachmittag krank gewesen bist und deshalb die Hausaufgaben nicht machen konntest«, schlug Annabell nun vor.

Ach davon sprach sie. Vanessa lächelte müde. »Kein Stress, das hab ich im Griff.«

Luca

Luca war superangenervt von Adrian. Vor allem, weil ihr keine richtig gute Abfuhr für ihn eingefallen war. Sie hatte ihn nur angezischt: »Sag mal, was ist los mit dir? Muss ich ein Schild hochhalten, auf dem ›Lass mich in Ruhe‹ steht?«

Das war echt lahm! Und dieser Kerl war so dreist! Er hatte bloß gelacht und gesagt: »Solange da nicht mein Name draufsteht, kannst du das gern machen«, und war weitergezogen.

Einen Moment lang überlegte sie, dass sie vielleicht genau das tun sollte … ach, Blödsinn. Dann käme er sich nur wichtig vor. Und außerdem schien es ihn anzuspornen, denn je deutlicher sie ihn abblitzen ließ, desto mehr bemühte er sich. Luca musste sich etwas anderes überlegen. Und zwar was richtig Fieses. Es machte sie wütend, dass sie sich überhaupt mit so einem Idioten beschäftigen musste, um ihm mitzuteilen, dass er ein Idiot war.

Nach dem Mittagessen klopfte sie an Vanessas Zimmertür. Es dauerte etwas, bis Vanessas genervtes »Ja?« ertönte. Luca trat ein und schloss die Tür hinter sich. Vanessa saß an ihrem Schminktisch und lackierte ihre Nägel.

Missbilligend sah sie auf die geschlossene Tür und fragte: »Dauert es länger?«

Luca war verärgert über den sehr unterkühlten Empfang, denn eigentlich wollte sie als versöhnliche Geste Vanessa noch einmal anbieten, mit ihr und Theresa ins Viertel zu fahren. Sie zögerte, doch dann überwand sie sich und fragte.

»Nee, keine Lust.« Vanessa betrachtete ihre Nägel.

Luca zuckte mit den Schultern und meinte nur: »Alles klar.« Sie hatte bereits die Hand auf die Türklinke gelegt, als Vanessa plötzlich fragte: »Was läuft da eigentlich zwischen dir und Adrian?«

Überrascht drehte sich Luca wieder um. »What?! Überhaupt nichts! Außer gepflegter grundsätzlicher Abneigung.«

»Lass ihn in Ruhe! Er ist nicht in deiner Liga.« Das schienen abschließende Worte zu sein, denn nun beschäftigte sie sich wieder eingehend mit ihrer Nagelpflege.

Nicht ihre Liga? Was sollte denn das?

»Allerdings! Er ist mindestens zwei Ligen unter mir!«

»Halt dich einfach von Adrian fern.«

Luca öffnete die Tür und war schon fast wieder draußen, als Vanessa fragte: »Wann trefft ihr euch?«

Luca drehte sich empört um. »Ich treff mich ganz bestimmt nicht mit diesem Adrian!«

»Ich meine, Theresa und du!«, kam eine ärgerliche Klarstellung.

»Um drei Uhr.«

»Ich komme mit.«

Das war eine unerwartete Wendung. Luca konnte nicht umhin zu fragen: »Wieso?«

»*Wieso?* Schon vergessen? Wir haben einen Plan! Ich will mir diese Hannah mal ansehen.«

»Ach so, ja.«

»Und vielleicht brauchst du ja Hilfe, um sie hierherzulocken.«

So gerne hätte sie jetzt: »*Deine* Hilfe brauch ich ganz sicher nicht« gesagt, aber das verkniff sie sich. »Wir treffen uns vorm Haus.« Genüsslich lächelnd fügte sie hinzu: »Und wir fahren mit dem Rad!« Dann schloss sie die Tür hinter sich.

Eine Minute später bekam sie von Vanessa eine WhatsApp: *Weiß Theresa Bescheid?*

Was sollte das denn? Worüber Bescheid? Luca wollte schon antworten, aber dann entschied sie sich dagegen. Eine weitere Minute später erschien Vanessa in ihrem Zimmer. Ohne anzuklopfen.

»Wieso antwortest du nicht auf meine WhatsApp?«

»Keine Lust.«

»Bitte?! Das ist ja total unhöflich! Wir müssen uns schließlich abstimmen.«

»Wo ist das Problem? Du bist doch jetzt hier. Also, worum geht's?«

Vanessa musste sich wohl erst einmal mit ihrer Antwort abfinden, was ihr nicht leichtzufallen schien, denn sie sah Luca verärgert an. Dann atmete sie tief durch und schaute sich in Lucas Zimmer um. »Das sieht ja noch aus wie unser Gästezimmer. Willst du das nicht mal ein bisschen persönlicher gestalten?«

»Also erstens geht dich das nichts an und zweitens hab ich nicht vor, mich auf einen längeren Zeitraum hier in diesem Haus einzustellen.«

Für einen kurzen Moment war Luca irritiert. Hatte sie zu scharf und zu schnell geantwortet? Eigentlich hatte Vanessa ja recht und es war womöglich sogar freundlich gemeint.

Auch Vanessa schien etwas überrascht von Lucas Abfuhr, aber sofort machte sie wieder ein hochmütiges Gesicht und meinte: »Natürlich! Ich kann es auch nicht erwarten, bis du endlich wieder von hier verschwindest!« Vanessa fuhr fort: »Also: Hast du Theresa erzählt, was wir vorhaben?«

»Unsere Eltern auseinanderzubringen?«

»Ja.«

»Nein. Natürlich nicht.«

»Gut. Lass es auch dabei.«

Luca wurde misstrauisch. »Wieso willst du nicht, dass Theresa es erfährt?«

»Es geht nicht nur um Theresa, ich will auch nicht, dass die anderen Mädels wissen, dass ich Probleme habe.«

»Aber genau dafür hat man doch beste Freundinnen! Um mit ihnen seine Sorgen zu teilen und so.«

»Du verstehst das nicht, du hast ja keine.«

»Dann klär mich bitte mal auf ...«

»Du musst das gar nicht in so einem ironischen Ton sagen. Wenn man bei seinen Freundinnen beliebt sein will, dann muss man ihnen etwas bieten, man muss sich interessant machen, sie müssen Vorteile darin sehen, mit einem befreundet zu sein, man muss attraktiv wirken. Und Probleme zu haben ist völlig unattraktiv. Außerdem wirkt man dann nicht mehr cool.«

»Das heißt, du musst ihnen etwas vorspielen, um sie als BFFs zu behalten?«

»Ja klar.«

»Dann sind es aber keine echten Freundinnen.«

»Ich hab nur die. Man kann sie sich ja nicht aussuchen.«

»Bitte? Familie kann man sich nicht aussuchen!« Sie knurrte: »Wie man bei uns beiden sieht.« Dann fuhr sie fort: »Aber das Gute bei Freundschaften ist doch, dass man sich die Leute sehr wohl aussuchen kann.«

»Ach und wenn das so leicht ist, wieso hast du dann keine Freundinnen?«

»Ich hab nicht gesagt, dass es leicht ist.« Luca zuckte mit den Schultern. »Ich hab halt einfach nie jemanden gefunden, mit dem ich wirklich auf einer Wellenlänge bin.«

Luca merkte Vanessa an, dass die sich eine ironische Bemerkung verbiss und stattdessen nur nickte. Dafür gab sie ihr insgeheim einen Pluspunkt. Und eine Mischung zwischen Mitleid und Verständnis für Vanessa schlich sich ein. Denn wenn Vanessa glaubte, ihre Freundinnen nur halten zu können, wenn sie immer perfekt, strahlend und gut gelaunt war, erklärte das vielleicht ihren Hang zum Angeben, ihre Schwindeleien und ihre Zickigkeit.

»Keine Sorge, Theresa weiß nichts und ich hab auch nicht vor, unser Problem auszuplappern.«

Vanessa war sichtlich beruhigt. »Gut. Also um drei.« Dann verschwand sie wieder.

Luca hatte angenommen, dass Vanessa auf sich warten ließ, aber zu ihrer Überraschung kam sie schon fünf Minuten vor dem verabredeten Zeitpunkt nach draußen. Theresa war noch nicht da.

»Was macht ihr eigentlich in der Stadt?«, fragte sie Luca.

»Theresa kauft für ihre Mutter in Hannahs Bioladen ein.«

»Echt? Die Lindemanns essen Bio?«

»Ja, offensichtlich, wenn Theresa extra dafür in die Stadt fährt.«

»Wieso muss Theresa das denn tun? Kann das nicht ihre Mutter erledigen?«

»Bei vier Kindern hat die Mutter ziemlich viel zu tun, da hat jeder seine Aufgaben.«

Vanessa verzog etwas das Gesicht. »Das ist ja nervig. Die haben doch genug Geld. Ich an ihrer Stelle würde mir sofort eine Haushälterin holen!«

»Tja, sie findet das wohl nicht gut. Hat auch sicher damit zu tun, dass sie die Kinder nicht allzu sehr verwöhnen will.«

Nun warf Vanessa Luca einen sehr misstrauischen Blick zu. »Schon merkwürdig, dass du so genau Bescheid weißt über Theresa und ihre Familie …«

»Also, ich finde es eher verwunderlich, dass *du* so was nicht weißt! Du bist schließlich seit Jahren mit ihr befreundet!«

Vanessa stutze kurz, dann machte sie eine wegwerfende Handbewegung. »Wir reden über wichtigere Dinge.«

Luca grinste. »Über dich, was?«

Vanessa verdrehte die Augen, eine Erwiderung sparte sie sich, denn Theresa kam winkend auf sie zu.

»Vanessa! Du kommst mit?«, fragte Theresa verwundert.

Vanessa schien gekränkt. »Ist das ein Problem?«

»Aber nein! Ich finde es gut.« Da Vanessa immer noch

ein beleidigtes Gesicht machte, versicherte ihr Theresa: »Ganz ehrlich! Ich freue mich.« Doch dann wandte sie sich an Luca und fragte: »Wir gehen doch nach wie vor ins Viertel? Und zum Theaterfundus und in den Secondhand-Laden?«

Nun musste Luca grinsen. »Ja, keine Planänderung.«

»Du meinst, weil ich mitkomme?«, fragte Vanessa Theresa spitz.

Sie gab eine ehrliche Antwort. »Ähm, ja. Ich dachte eigentlich, das ist nicht so ganz dein Geschmack.« Dann lachte sie. »Aber hey, du fährst Rad, das ist auch neu und ungewohnt, also super! Lasst uns starten.«

Sofort nahm Vanessa den Platz neben Theresa ein. Luca musste sich hinter den beiden einreihen, denn zu dritt nebeneinanderzufahren ging nicht. Vanessa begann auch gleich, Theresa in ein Gespräch über Leute zu verwickeln, die Luca nicht kannte. Insgeheim schüttelte Luca den Kopf: Vanessa war einfach unmöglich! Das war Theresa wohl aufgefallen, denn sie bemühte sich, Luca in die Diskussion mit einzubeziehen.

»Die wirst du auch noch kennenlernen, Luca«, rief sie nach hinten.

»Klingt nicht so, als müsste ich Wert darauf legen«, gab Luca zurück.

Daraufhin herrschte Schweigen. Luca konnte Vanessas Gesicht nicht sehen, aber sie nahm an, dass sie sauer war. Luca lächelte zufrieden.

Wieder ergriff Theresa das Wort und wandte sich an Luca. »Sag mal, wollen wir vielleicht zuerst nach Kleidern suchen? Dann muss ich die Einkäufe nicht überall hin mitschleppen.«

»Ja, machen wir. Fangen wir mit dem Secondhand-Laden an.«

»Also ich weiß ja nicht … gebrauchte Kleider! Igitt«, kommentierte Vanessa.

»Man reißt sie den Leuten ja nicht vom Leib. Die sind gewaschen«, sagte Luca etwas genervt.

»Trotzdem. Wer will schon alte, abgelegte Kleider?«

»Leute, die nicht so viel Geld haben.«

Sie hielten an einer Ampel an, Luca stoppte neben Vanessa und sah sie grinsend an. »Solltest du vielleicht auch mal darüber nachdenken, wenn dein Taschengeld bald knapp wird …«

Bitterböse zischte Vanessa: »Ich weiß nicht, wovon du redest!«

»Natürlich nicht«, sagte Luca und wählte einen ironischen Ton.

Doch als Vanessa ihr einen flehentlichen Blick zuwarf und unauffällig mit dem Kopf auf Theresa deutete, ließ Luca es auf sich beruhen. Arme Vanessa! Wie anstrengend es sein musste, immer eine Fassade aufrechtzuerhalten, um keine Freundin zu verlieren. Eigentlich hätte Luca ihr versichern können, dass Theresa nicht zu der Sorte Mensch gehörte, der andere nach deren Kontostand beurteilte. Aber wenn Vanessa sich mal die Mühe gemacht hätte, Theresa wirklich kennenzulernen, wüsste sie das auch. Es war amüsant zu sehen, wie der Gedanke, zuzugeben, dass sie nicht mehr über unbegrenzte finanzielle Mittel verfügte, Vanessa in Stress versetzte.

Vanessa

Genervt stand Vanessa an die Tür im Secondhand-Laden gelehnt, während Luca und Theresa begeistert die Klamotten durchstöberten.

Unmöglich! Alles war vollgestopft mit Kleidern und Krimskrams und es gab keine Sitzgelegenheiten. Mara, der der Laden gehörte, half den beiden beim Suchen, gab abwechselnd mal Theresa, mal Luca ein Teil zum Anprobieren, während sie Vanessa einfach ignorierte. Auch das fand sie unmöglich. Die Läden, in denen Vanessa normalerweise einkaufte, hatten alle eine kleine Lounge-Area, wo man es sich gemütlich machen konnte und man Getränke angeboten bekam. Eigentlich hatte sie vorgehabt, sich in ein Café zu setzen und abzuwarten, bis sie zu Hannahs Bioladen gehen würden. Aber dann hatte sie Bedenken, die beiden allein zu lassen, womöglich würden sie über sie lästern. Also ging sie notgedrungen mit. Vanessa befand sich definitiv außerhalb ihrer Komfortzone und die Harmonie zwischen Luca und Theresa störte sie sehr. Nicht zu fassen, wie fröhlich die zwei ständig irgendwelche Fummel von den klapprigen Ständern nahmen und sich gegenseitig vorhielten. Scheußliche Sachen. Wer trug so etwas? Luca. Luca hatte Glück, dass in der Schule einheitliche Kleidung Vorschrift war, denn durch die Schuluniform fiel sie nicht so auf, wirkte fast normal. Im echten Leben trug sie die abnormsten Klamotten. Wie etwa heute: einen halblangen weißen Spitzenunterrock und eine mit Cowboy-Motiven bestickte Weste, dazu, wie immer, ihre Biker Boots. Stolz hatte Luca erzählt, die Weste hätte sie aus dem Theaterfundus und den Unterrock aus diesem Secondhand-Laden. Und offensichtlich hatte Theresa nun auch Gefallen an dieser Art des Shoppings gefunden. Gerade hielt sie sich eine Rüschenbluse vor und betrachtete sich eingehend im Spiegel. Eigentlich war Theresa entweder sportlich-praktisch gekleidet oder sie trug Vintage. In ihrem Fall Kleider ihrer Mutter oder ihrer Oma aus deren Teenagerzeit. Was okay war, fast schon charmant. Aber jetzt wühlte sie sich durch alte Kleider von fremden Leuten? Vanessa schüttelte sich leicht.

Schon erstaunlich, wie unterschiedlich sie doch angezogen waren. Vormittags trugen sie alle Schuluniformen und sahen gleich aus. Jetzt allerdings würde niemand auf die Idee kommen, dass sie sich überhaupt kannten. Delia und sie waren eigentlich sehr ähnlich gekleidet, sie hatten denselben Stil: schick, teuer, elegant. Annabell versuchte diesen Kleiderstil mit ähnlichen Modellen aus preiswerten Ladenketten zu imitieren. Erstaunlicherweise sah sie trotzdem gut aus, in ihren Billigklamotten. Mona war Kleidung egal. Ihre Mutter kaufte nach wie vor für sie ein, teure konservative Markenkleidung, und Mona sah damit aus wie ein braves Mädchen aus gutem Hause.

Vanessa strich über den Ärmel ihres pinkfarbenen Kaschmir-Strickjäckchens, zupfte einen Fussel von ihrer teuren Designerjeans und blickte zufrieden auf ihre farblich zur Jacke passenden Wildleder-Ballerinas. Sie seufzte. Nein, also die ausrangierten Kostüme im Theater konnten die zwei sich allein ansehen. Da würde sie sich doch lieber in ein Café setzen und dort warten, bis sie zu dieser Hannah gingen.

Als sie später allein im Café saß, ging ihr das Bild von Theresa und Luca, wie die beiden sich so angeregt über alles Mögliche unterhalten hatten, nicht aus dem Kopf. Wieso verstand sie sich nicht so gut mit Theresa? Sie waren doch schon ewig befreundet! Und wieso kannte Luca in der kurzen Zeit so viel mehr Details aus Theresas Leben? Vielleicht hatte Theresa es ihr einfach nie erzählt. Oder hätte sie sich bei ihr nach solchen Dingen erkundigen sollen? Vielleicht hatte Theresa es ihr auch erzählt, aber es hatte Vanessa nie genug interessiert, um es sich zu merken? Sollte sie doch mal etwas mehr Interesse für das Leben ihrer Freundinnen zeigen? Vanessa war nicht sehr glücklich über diese Überlegungen, denn egal wie sie es drehte und wendete, keine Version gefiel ihr. Doch sobald sich die Sache zwischen ihrer Mutter und Paul erledigt hatte, würde Luca sowieso wieder aus ihrem Leben verschwinden. Wenn sie jetzt gleich diese Bio-Hannah trafen, musste sie sich ins Zeug legen!

Hannah schien sich sehr darüber zu freuen, Luca zu sehen. Vanessa wunderte sich. Wieso? Auch Theresa wurde sehr herzlich von Hannah begrüßt. Gut, ihre Mam war schließlich eine gute Kundin.

Dann wandte sich Hannah an sie.

»Hallo! Und du bist …?«

»Vanessa Schmidt.«

Hannahs Gesicht durchzuckte eine Mischung aus verschiedenen Reaktionen.

»Ah«, meinte sie schließlich. »Freut mich, dich kennenzulernen.« Dann fügte sie hinzu: »Ich heiße übrigens auch Schmitt. Mit Doppel-T.«

Vanessa nickte uninteressiert und blickte sich um. Dann entschied sie sich für ein bisschen Schmeichelei. »Sie haben einen tollen Laden hier, Frau Schmitt.«

»Du musst mich nicht siezen, ich bin Hannah.«

War Vanessa egal.

Hannah wandte sich an Theresa. »Deine Mutter hat schon angerufen, ich hab alles bereits zusammengesucht.« Sie deutete auf einen großen Jutebeutel, der auf der Theke stand.

»Ich hab gerade einen Apfel-Minze-Tee gekocht. Wollt ihr?«, fragte sie die Mädchen.

Luca und Theresa nickten begeistert, während Vanessa den Kopf geschüttelt hatte. Daraufhin entschied Vanessa sich um. »Ja, das wäre super«, flötete sie.

Während Hannah für die Mädchen Tee einschenkte, fragte sie Vanessa: »Sollst du auch etwas für deine Mutter einkaufen?«

Vanessa war überrascht. Was war denn das für eine Idee? Wieso sollte sie einkaufen? Das machte doch Frau Fischer. Aber die hatte ja frei. Wer übernahm das eigentlich, wenn die nicht da war? Egal, war nicht ihre Baustelle.

Aber dann überlegte sie, dass es Theresa vielleicht gefallen könnte, dass auch sie Einkäufe für ihre Mutter tätigte. Daher lächelte sie und nickte.

»Was denn?«, fragte Hannah.

»Ähm …« Wieder schaute sich Vanessa um. Sie würde keinesfalls mit einem so unattraktiven Jute-Ding durch die Gegend laufen. Also sollte es etwas Kleines, Handliches sein. Sie spürte, dass Luca sie beobachtete und sich irgendwie zu amüsieren schien.

Hannah überreichte ihnen die Teetassen. Vanessa probierte und meinte: »Davon nehme ich eine Packung mit.« So, das passte in ihre Handtasche, Sache erledigt. Aber deshalb waren sie ja nicht hier. Vanessa warf Luca einen auffordernden Blick zu.

Luca verstand. »Sag mal, Hannah, hast du nicht mal Lust, mich besuchen zu kommen?«

»Wieso?«

»Na, dann könnten wir mal Zeit miteinander verbringen und uns unterhalten.«

»Aber das können wir doch auch hier. Du bist ja jetzt da.« Sie nahm eine Packung Kekse und bot den dreien welche an. »Probiert mal: Müsli-Cranberry-Cookies. Sind sehr lecker.«

Luca war schachmatt gesetzt.

Anfängerin!, dachte Vanessa. Nun würde sie übernehmen. Und sie hatte auch schon eine Idee. Vorsichtig stellte sie ihre Tasse ab und begann relativ wahllos, Sachen aus den Regalen zu räumen und auf der Theke abzustellen. Als sie das Gefühl hatte, nun sei eine Menge erreicht, die man wirklich nicht mehr tragen konnte, zog sie ihr Portemonnaie hervor und meinte zu Hannah: »Das nehme ich.«

Hannah war ziemlich erstaunt. Genau wie Luca und Theresa. Doch dann schien sie schnell im Kopf überschlagen zu haben, wie hoch ihre Einnahmen wären, und begann, die Sachen zusammenzurechnen und einzupacken.

»Das wären dann dreiundachtzig Euro«, sagte sie zögerlich zu Vanessa.

Vanessa nickte, nahm einen Hunderteuroschein und reichte ihn Hannah.

»Sind hundert genug, wenn wir noch die Liefergebühr miteinrechnen?«

»Welche Liefergebühr?«

Vanessa tat gespielt erstaunt, deutete auf die drei Taschen und meinte: »Ich kann das ja unmöglich alles mit dem Rad transportieren. Ich dachte, du lieferst auch?«

Hannah zog die Stirn in Falten. Eigentlich war klar, dass sie nicht lieferte. Aber die Geschäftsfrau in ihr schien wohl Gefallen an der Idee gefunden zu haben.

Sie nahm das Geld, nickte und sagte: »Aber ich kann es erst heute Abend vorbeibringen, wenn ich den Laden geschlossen habe.«

»Kein Problem«, säuselte Vanessa, und musste sich bemühen, Luca nicht allzu triumphierend anzuschauen. »Ich schreib dir unsere Adresse auf.«

Danach war Vanessa sehr entspannt und hatte auch nichts dagegen, dass sich der Besuch bei Hannah noch weiter in die Länge zog. Sie beteiligte sich jedoch nicht an den Gesprächen, sondern betrachtete weiter die Auslagen. Sie entdeckte eine Bio-Schoko-Dinkel-Muffin-Backmischung und war begeistert. Sie hatte Mona ja versprochen, dass sie ab nun ihre Muffin-Testerin war. Sie nahm eine Packung aus dem Regal, stellte sie auf die Theke und sagte zu Hannah. »Die nehm ich auch noch mit. Was kostet die?«

Hannah legte sie lächelnd zu den anderen Sachen. »Nichts. Schenke ich dir.«

Vanessa war nicht so ganz sicher, ob sie das annehmen wollte. Ein Geschenk von jemandem, den sie gerade in eine Falle gelockt hatte? Dann musste sie sich über sich selbst wundern: Was waren das denn für Gedanken?

»Danke«, sagte sie dann nur.

Als sie sich verabschiedeten, druckste Hannah etwas herum. »Alles okay?«, fragte Luca.

Hannah nickte, erkundigte sich dann aber sehr leise bei Luca: »Wird Paul auch da sein?«

»Ja und er wird sich ganz bestimmt total freuen, dich zu sehen.«

Noch leiser fragte Hannah: »Und seine neue Freundin?«

Vanessa trat an Hannah heran und flüsterte: »Keine Sorge, das mit meiner Mutter ist nichts Ernstes. Paul ist nur der Boyfriend du jour. Früher oder später wird sie ihm das Herz brechen.«

Hannah wirkte etwas erschrocken. Und das Gespräch schien ihr nun ausgesprochen unangenehm zu sein.

Vanessa fuhr fort: »Und dann braucht er jemanden, der ihn tröstet.«

Hannah sah Luca fragend an, die nickte bestätigend.

»Okay, ich seh euch dann später«, sagte Hannah ausweichend.

Sobald sie den Laden verlassen hatten, sahen sich Vanessa und Luca begeistert an. Während sie ihre Räder nebeneinander die Straße entlangschoben, meinte Luca anerkennend: »War ein echt guter Schachzug, mit deinem Großeinkauf.«

Vanessa lächelte zufrieden. »Jetzt müssen wir nur unsere Fäden weiterspinnen. Wenn Hannah kommt, werde ich meiner Mutter sagen, Hannah hätte darauf bestanden, die Sachen zu uns zu bringen. Und du musst dafür sorgen, dass Paul im Haus ist und die Tür aufmacht. Wir müssen es hinkriegen, dass die beiden von der Situation überrascht werden.«

Luca nickte. »Klingt gut.«

Theresa, die hinter den beiden herlief und die ganze Zeit geschwiegen hatte, blieb bei Vanessas letztem Satz plötzlich stehen und rief entsetzt: »Oh mein Gott! Ihr beide seid unglaublich! Was macht ihr da?«

Vanessa und Luca stoppten und drehten sich zu Theresa um. Vanessa ärgerte sich. Verflixt, sie war so in ihre Planung vertieft gewesen, dass sie Theresas Anwesenheit völlig vergessen hatte.

Luca schien betroffen. »Das ist so was wie Notwehr …«, versuchte sie sich zu rechtfertigen. »Wir haben gute Gründe dafür.«

»Gute Gründe für 'ne schlechte Sache gibt es nicht.«

»Meine Güte, stell dich doch nicht so an«, keifte Vanessa. »Hat dich ja niemand gebeten, mitzumachen?«

»Na, Gott sei Dank. Aber ich will mir das auch nicht mehr länger anhören.« Kurzentschlossen setzte sie sich auf ihr Rad und fuhr davon.

Zumindest hatte sich die Sache mit dem Theaterfundus jetzt erledigt, dachte Vanessa.

Sie sah Theresa hinterher und überlegte, ob sie wohl jemandem davon erzählen würde? Nein, das war nicht Theresas Ding. Sie sagte ihre Meinung, aber das war's dann auch. Sie würde nichts ausplaudern. Zu Luca gewandt sagte sie: »Keine Sorge, die hält ihren Mund.«

»Aber sie ist total enttäuscht von uns.«

Und? Das würde sich schon wieder legen. Als sie Lucas völlig entsetztes Gesicht bemerkte, wurde ihr bewusst, dass die Sache zumindest für sie etwas Gutes hatte: Die Harmonie zwischen Luca und Theresa war nun Geschichte. Dann fiel Vanessa jedoch ein, dass das ja eigentlich auch für sie galt. Theresa war auch von ihr enttäuscht. Aber wie immer würde sie schon einen Weg finden, Theresa wieder für sich zu gewinnen. Doch Luca war ganz sicher untendurch.

»Vielleicht gehen wir wirklich zu weit?«, sagte Luca nun zweifelnd.

Vanessa war ein wenig alarmiert. Luca würde doch wohl jetzt nicht etwa Gewissensbisse bekommen? Das musste sie verhindern.

»Hör mal, es ist für Leute, die nicht in unserer Situation sind, echt schwer nachzuvollziehen, was wir beide gerade durchmachen.«

Luca zögerte etwas, doch dann nickte sie.

»Und wir hören ja auch auf, sobald wir unser Ziel erreicht haben«, fügte Vanessa noch hinzu, weil sie dachte, das würde Luca beruhigen. Tat es wohl auch. Dann wechselte Vanessa schnell das Thema.

»Sag mal, hat man dir schon mitgeteilt, wie viel Taschengeld wir in Zukunft bekommen?«

»Nein. Nur dass wir wohl denselben Betrag kriegen.«

Vanessa war entsetzt. »Echt? Das macht doch gar keinen Sinn. Meine Mutter weiß genau, dass ich sehr viel mehr Geld brauche als du!«

Es klang etwas schnippisch, als Luca sagte: »Dann wirst du dich wohl doch an den Secondhand-Laden gewöhnen müssen.«

»Nie im Leben kaufe ich dort ein!«, schimpfte Vanessa. »Allerdings …«, sie überlegte noch einmal, dann nickte sie, ihren eigenen Gedanken bestätigend, »… könnte ich denen meine alten Sachen verkaufen. Immerhin könnte ich so mein mickriges Taschengeld aufbessern.«

»Du weißt doch noch gar nicht, wie viel es sein wird.«

»Das ist egal, ich weiß jetzt schon, dass es nicht reichen wird.«

»Also ich hab bisher gar kein Taschengeld bekommen. Ich hab gejobbt. Bei Hannah im Laden.«

Vanessa war völlig entsetzt. »OMG! Meine Mutter erwartet doch wohl nicht, dass ich mir einen Job suche!« Wütend funkelte sie Luca an. »Mein Leben war echt perfekt, bis dein Vater aufgetaucht ist!«

»Was blökst du mich denn jetzt schon wieder an? Für

mich gilt dasselbe! Und wir sind ja wohl gerade dabei, das wieder zu ändern!«

»Aber du hast dich verbessert! Meine Situation verschlechtert sich von Woche zu Woche!«

»Wird das jetzt ein Wettbewerb, für wen von uns beiden es schlimmer ist? Wir haben uns doch schon längst geeinigt, dass es die Pest ist! Und zwar für uns beide!«

Vanessa gab nach. »Ja, okay. Also dann jetzt volle Konzentration darauf, unser altes Leben schnellstmöglich zurückzuerobern.«

Luca

Den Heimweg legten sie schweigend zurück. Luca versuchte es sich nicht anmerken zu lassen, aber Theresas Reaktion hatte sie doch getroffen. Zum einen deshalb, weil sie sich gerade angefreundet hatten und Luca darüber froh war – doch das war dann wohl Vergangenheit. Zum anderen weil sie Theresa recht gab. Aber wie Vanessa richtig gesagt hatte, Theresa war nicht in ihrer Situation, sie konnte ihre Verzweiflung nicht nachempfinden und daher nicht verstehen, wieso sie zu solchen Mitteln greifen mussten. Vielleicht sollte sie sich ihr anvertrauen. Sie könnte ihr auch klarmachen, dass man, bevor man jemanden verurteilt, eine Meile in dessen Mokassins laufen sollte. Altes indianisches Sprichwort. Problem war nur, das Vanessa auf keinen Fall wollte, dass ihre BFFs wussten, dass ihr Leben gerade nicht sehr super lief. Schuldete sie Vanessa Verschwiegenheit? In Luca machte sich wieder Ärger breit. Denn sie wurde den Verdacht nicht los, dass Vanessa sich insgeheim darüber freute, wenn Theresa ab sofort auf Abstand gehen würde. Selbst wenn es sie ebenso betraf, schien es Vanessa zu beruhigen, dass die Harmonie zwischen Luca und Theresa Sprünge bekommen hatte.

Als sie in der Villa ankamen, verschwand jede in ihrem Zimmer.

Lucas Handy klingelte. Es war Britta. Ohne große Vorrede kam sie direkt zum Punkt: »Wo ist dein Vater?«

»Im Poolhaus, nehme ich an.«

»Atelier«, korrigierte Britta und fuhr gleich fort. »Er sollte aber jetzt hier in der Galerie sein! Wir haben einen Termin! In fünf Minuten kommt ein Kunstsammler, der an seinen Bildern interessiert ist und den Künstler kennenlernen will!«

»Aha. Und was hab ich damit zu tun?«

»Er geht nicht an sein Handy. Bitte lauf doch mal schnell rüber und gib ihn mir.« Britta klang verärgert. Luca nahm es mit Genugtuung wahr. Und goss noch etwas Öl ins Feuer. »So ist er eben. Kein Zeitgefühl und sein Handy vergisst er dauernd irgendwo. Daran wirst du dich wohl gewöhnen müssen.«

Brittas Kommentar hörte sich nicht so an, als wäre sie dazu bereit.

Luca machte sich auf ins Poolhaus.

»Hallo, Fröschlein!«, rief Paul gut gelaunt, als Luca das Poolhaus betrat.

Sie reichte ihm wortlos ihr Handy. Britta legte wohl gleich los mit einer Schimpf-Tirade. Paul sah schuldbewusst aus, blickte auf sein uhrfreies Handgelenk und flüsterte Luca zu: »Wie viel Uhr haben wir?«

»Du bist bereits zu spät«, teilte Luca ihm mit.

»Tut mir leid, Britta. Ich hab völlig die Zeit vergessen. – Natürlich hab ich die Uhr noch, die du mir geschenkt hast.« Er schaute sich suchend im Atelier um, Luca ebenfalls. Sie wurde fündig und zog zwischen ein paar alten Lappen und Skizzen, die auf einem Tisch lagen, eine Armbanduhr hervor. »Ich trag sie nur nicht beim Arbeiten, sie stört mich.« Er musste sich wohl wieder einen Vortrag anhören. Dann sagte er beschwichtigend zu Britta: »Ich werde mich bessern. Versprochen. Jetzt mach ich mich aber schnell auf den Weg. Bis gleich!«

Er gab Luca ihr Handy zurück und legte seufzend den Pinsel auf den Tisch. »Du hast nicht zufällig mein Telefon gesehen?«

»Nein.«

Luca stimmte grundsätzlich mit Britta überein: Paul war zerstreut, verlegte Dinge, war immer zu spät, vergaß Abmachungen. Darüber hatte sie sich auch stets aufgeregt. Aber darum ging es ja nicht. Paul sollte sich nicht von Britta maßregeln lassen. Schließlich hatte sie gewusst, auf wen sie sich einließ, als sie sich für ihn entschieden hatte.

Luca tat erstaunt. »Merkwürdig, dass Britta so wenig Verständnis für Künstler hat. Bei ihrem Job hat sie doch genügend Umgang mit Kreativen. Ihr seid halt so. Das muss man in Kauf nehmen, wenn man mit euch lebt.«

Paul zuckte mit den Schultern, während er sich Farbreste auf seinen Händen mit einem Lappen abwischte, den er mit Terpentin tränkte. »Sie hat ja recht. Ich sollte wirklich etwas an mir arbeiten.«

Das nahm Luca ihm nun übel. Zu ihr hatte er immer nur gesagt: »So bin ich halt, Fröschlein. Kannst einem alten Hund keine neuen Tricks beibringen.« Toll! Und für Britta wollte er sich ändern!

Wütend stapfte sie wieder ins Haus, sah Pauls Handy auf der Kommode liegen, schnappte es und lief zu Vanessa. Sie hatte nicht angeklopft, und als sie ihr Zimmer betrat, hörte sie, wie Vanessa ins Telefon säuselte: »Aber das macht doch nichts, Mona. Ich kann trotzdem zu dir kommen. Stört mich nicht, wenn Jan und Adrian bei deinem Bruder sind. – Nein, geht nicht. Meine Mutter hat morgen Nachmittag ein paar Freundinnen eingeladen, wir können nicht bei mir backen. – Ach, Unsinn, die nerven nicht. Lass uns mal mit den Jungs abhängen. Wird bestimmt lustig.«

Vanessa saß mit dem Rücken zu ihr, hatte sie also nicht bemerkt. Luca zögerte kurz, dann ging sie leise wieder aus dem Zimmer und schloss lautlos die Tür. Sie blieb im Flur stehen. Ach, das war also der Plan. Deshalb bemühte sich Vanessa um Mona. Über Monas Bruder Mario hoffte sie wohl, an ihren heiß geliebten Adrian ranzukommen. Luca verstand nach wie vor nicht, wieso Vanessa auf so einen Hohlkopf wie Adrian abfuhr.

Sie klopfte an Vanessas Tür. Es dauerte ein wenig, bis ein »Ja« ertönte.

Vanessa drehte gelangweilt den Kopf zu ihr und Luca teilte ihr mit: »Paul hat eine Verabredung mit deiner Mutter vergessen und sie konnte ihn nicht erreichen, weil er sein Handy immer verschlampt.« Zum Beweis hielt sie Pauls Handy in die Höhe.

Vanessas Miene änderte sich auf der Stelle. Sie nickte Luca anerkennend zu. »Respekt! Du hast sein Handy gemopst.«

»Na ja, also ...« Eigentlich hatte Luca vor, das klarzustellen, aber Vanessas Bewunderung gefiel ihr. »Jedenfalls ist das auch ein Punkt in ihrer Beziehung, der Stress verursacht.«

Vanessa kniff nachdenklich die Augen zusammen. »Dann werden wir das mal verstärken. Also, dein Vater ist schlampig?«

Es kostete Luca ein wenig Überwindung, das zuzugeben. Sie milderte es etwas ab. »Sagen wir, vergesslich und unpünktlich. Und ein bisschen unordentlich.«

Vanessa nickte und schien zu überlegen. Dann strahlte sie Luca an: »Sehr gut. Wir werden etwas nachhelfen und dafür sorgen, dass er noch vergesslicher, unpünktlicher und unordentlicher wird. So lange, bis meiner Mutter der Kragen platzt.« Sie machte eine auffordernde

Kopfbewegung in Richtung Luca, die noch in der offenen Tür stand. »Tür zu und setz dich! Wir müssen Pläne schmieden.« Während sich Luca auf dem Sofa niederließ, ging Vanessa zu ihrem Kühlschrank und fragte: »Eistee? Smoothie? Oder Cola?« Da sie Luca dabei fragend ansah, schien sie sich nach ihren Wünschen zu erkundigen. Luca war etwas überrascht. Vanessa war ja regelrecht nett zu ihr.

»Hast du Orangensaft?«

»Pur oder mit Mango oder Apfel?«

»Ähm. Ganz normaler Orangensaft ist okay.«

»Alles klar.« Vanessa holte zwei kleine Flaschen aus dem Kühlschrank, gab Luca eine davon und setzte sich zu ihr. Merkwürdigerweise fühlte sich Luca geschmeichelt, dass sie so freundlich von Vanessa bewirtet wurde. Sie versuchte, dieses Gefühl schnell wieder abzuschütteln. Das hier war nur eine Zweckgemeinschaft.

»Also, was schwebt dir vor?«, fragte sie sachlich.

Vanessa ließ sich Pauls Handy geben, ihre Idee war simpel: Britta hatte ihm seine Termine in seinem Handy eingetragen, die konnte man leicht ändern. Und selbst wenn er sein Handy nun tatsächlich mit sich herumtragen würde – es gab ja auch noch die Lautlos-Funktion. Bis ihm das auffallen würde, hätte Britta schon ein Dutzend Mal vergeblich angerufen. Im Haus würden sie hier und da ein paar seiner Malutensilien verstreuen, auch das würde Britta auf die Palme bringen.

Zufrieden gab sie Luca das Handy zurück.

»Leg es irgendwo unten hin, wo man definitiv keine Handys aufbewahrt. Meine Mutter wird es schon finden.«

»Wie wär's mit dem Kühlschrank?«

»Lustig, aber zu auffällig.« Vanessa dachte nach. »Er liebt doch Schokolade. Meine Mam hat ihm einen Vorrat gekauft. Leg das Handy in den Schrank, in dem die Schokolade ist. Das passt. Dann nimmt meine Mutter an, er hat es dort vergessen.«

Es klingelte an der Haustür.

Vanessa warf einen Blick auf die Uhr. »Verflixt, das wird Hannah sein! Und Paul und meine Mam sind nicht da. Wir müssen Hannah so lange aufhalten, bis die beiden zurückkommen. Und leg sein Handy noch schnell in den Schrank!«

»Kein Problem, mach ich.« Luca stand auf und ging zur Tür.

»Okay, ich komm nach. Ich muss noch telefonieren.«

Luca ließ Hannah herein. »Meine Güte!«, rief die. »Das ist ja ein Palast!« Ungeniert schaute Hannah sich um.

Luca nahm das mit gemischten Gefühlen entgegen. Scham und Stolz hielten sich irgendwie die Waage. Dann siegte die Vernunft und sie meinte: »Damit haben Paul und ich nichts zu tun. Wir sind ja bloß hier eingezogen.«

Sie nahm Hannah einen Teil der Einkäufe ab und ging voraus in die Küche. Hannah folgte ihr und half ihr auch noch beim Einräumen. Dann kam Vanessa dazu. Natürlich krümmte sie keinen Finger, aber dafür hatte sie eine gute Idee, Hannah noch zum Bleiben zu bewegen.

»Die Sachen sehen wirklich traumhaft frisch und lecker aus.«

Hannah nickte. »Sind sie auch. Lasst das Gemüse aber nicht allzu lange liegen, das muss frisch verarbeitet werden.«

Das schien Vanessa in die Hände zu spielen. Sie strahlte und meinte: »Genau. Deshalb wollte ich dich fragen, ob du eine Empfehlung für uns hast, was wir daraus kochen sollen.«

Hannah stoppte und betrachtete das Gemüse. »Ratatouille vielleicht?«

»Pauls Lieblingsessen«, sagte Luca und erklärte Vanessa mit einem verschwörerischen Unterton: »Das hat Hannah früher oft für Paul und mich gekocht.«

Vanessas Augen strahlten. »Genial.« Sie bat Hannah: »Hilfst du uns?«

Hannah war verblüfft. »Ihr Mädchen kocht hier?« Dann wandte sie sich an Vanessa. »Du auch?«

Vanessa machte ein ganz unschuldiges Gesicht und flötete: »Ich möchte es gerne lernen.«

Sie war echt gut. Und Hannah bemerkte den Schwindel nicht. Bereitwillig machte sie sich ans Werk, legte das Gemüse parat, fragte nach Brett und Messer und begann zu erklären, während sie arbeitete. Luca schnippelte parallel zu ihr, Vanessa heuchelte Interesse und stellte Fragen, ohne irgendetwas zu tun.

Plötzlich fragte Hannah Luca: »Gefällt es dir hier inzwischen?« Dann sah sie erschrocken zu Vanessa.

Doch Vanessa winkte ab. »Ich weiß, dass Luca es hasst, hier zu sein. Aber das macht nichts. Ich will sie auch nicht hier haben.«

Hannah schluckte heftig und wandte sich Luca zu. Die nickte. »Darin sind wir uns einig. Und wir hoffen beide auf ein Happy End.«

Verwirrt fragte Hannah: »Und was wäre das?«

»Wenn die zwei sich wieder trennen würden.«

»Oje!«, rief Hannah. »Das ist aber …«

Vanessa unterbrach sie. »Das wäre das Beste für alle Beteiligten.«

Hannah verrichtete ihre weitere Arbeit schweigend, in Gedanken versunken. Vanessa zwinkerte Luca verschwörerisch zu, Luca grinste und nickte.

Als Paul und Britta heimkamen, war das Essen fast fertig und Hannah war gerade dabei, die Küche wieder aufzuräumen. In einem der Schränke entdeckte sie ein Handy und hielt es hoch. »Ihr habt ja merkwürdige Aufbewahrungsorte für eure Telefone.«

»Das gehört Paul. Hat er bestimmt verlegt.«

Hannah lächelte. »Da wird er sich wohl nie ändern …«

»Guten Abend!«, hörte man Brittas Stimme und es klang nicht so, als ob sie den Abend wirklich gut fand.

Hannah wirbelte herum. Luca und Vanessa sahen sich gespannt an. Britta hatte die Küche betreten, ohne dass sie es gemerkt hatten. Die letzte Unterhaltung hatte sie wohl mitbekommen.

Hannah hielt noch immer das Telefon in der Hand. Britta griff danach. »Ich nehm das mal.«

»Sicher«, beeilte sich Hannah zu sagen. Dann fiel ihr ein, sich vorzustellen. »Hallo. Ich bin Hannah Schmitt. Vom Bioladen im Viertel. Ich hab die Einkäufe geliefert und die Mädchen haben mich gebeten zu kochen.«

Britta zog die Augenbrauen zusammen. Man merkte ihr an, dass ihr die Situation ausgesprochen suspekt vorkam.

Vanessa nutzte die eh schon angespannte Stimmung, um fröhlich zu rufen: »Hannah hat Pauls Lieblingsessen gekocht!«

»Ach wie nett«, meinte Britta schmallippig.

Da kam Paul rein und umarmte Hannah freudig. »Was machst du denn hier?«

Britta antwortete an ihrer Stelle: »Sie ist hier, um dir deine Leibspeise zu kochen.«

Paul überhörte den Sarkasmus. Er freute sich: »Etwa Ratatouille?«

Hannah fühlte sich sichtlich unwohl. Sie nickte nur und wandte sich an Luca. »Ist ja soweit alles fertig.« Sie gab ihr kurz ein paar Anweisungen, was noch zu tun war, dann sagte sie: »Ich geh dann besser.«

»Ach, Unsinn«, rief Paul. »Du bleibst zum Essen!«

Hannah war sehr unsicher und sah Britta fragend an. Die zuckte nur kurz mit den Schultern und meinte: »Aber natürlich! Üüüberhaupt kein Problem.«

Hannah verstand. »Das ist sehr nett, aber ich hab wirklich keine Zeit. Tschüss. Bis bald mal.« Fast fluchtartig verließ sie die Küche. Eine Sekunde später steckte sie den Kopf wieder zur Tür rein. »Wo geht's denn hier raus? Das Haus ist ziemlich groß.«

Paul lachte und eilte zu ihr. »Ich bring dich zur Tür.«

Leise knurrte Britta: »Sie findet die Haustür nicht? Meine Güte!«

»Ich deck schon mal den Tisch«, rief Vanessa ausgelassen, die Missstimmung ihrer Mutter ignorierend.

»Für Paul und mich musst du nicht decken. Wir essen nicht mit.« Bingo.

Vanessa warf Luca einen triumphierenden Blick zu.

Paul kam wieder in die Küche und schnüffelte genüsslich. »Oh, das riecht lecker!«

»Freu dich nicht zu früh, wir müssen jetzt los«, sagte Britta.

»Wohin?«

»Wir gehen essen.«

»Ja, aber ...«

Britta unterbrach ihn sofort. »Was? Hast du etwa keine Lust, mit mir essen zu gehen? Ich hab mich den ganzen Tag darauf gefreut.«

»Ich wusste nichts davon.«

»Überraschung!«, sagte sie in sehr verärgertem Ton.

»Ich würde lieber ...« Nun merkte er, dass etwas nicht in Ordnung war, aber vor den Mädchen wollte er danach wohl nicht fragen. »Okay.« Er lächelte beschwichtigend. »Gehen wir essen.«

Britta war zufrieden, aber nicht glücklich. Als die beiden die Küche verließen, spitzten Luca und Vanessa die Ohren. Noch bevor ihre Eltern aus dem Haus waren, hörten sie Britta schimpfen.

Luca und Vanessa klatschten ab.

Vanessa grinste. »Dein Vater ist echt naiv!«

»Ja, das macht einen Teil seines Charmes aus.«

»Er hat keine Ahnung, wieso meine Mutter sauer auf ihn ist.«

»Sie sagt es ihm gerade.«

»Das eben war bisher unser bester Schachzug.«

Vanessa deutete auf das Ratatouille. »Sollen wir essen?«

Luca nickte.

Sie waren beide sehr angetan von Hannahs Kochkünsten.

»Kann verstehen, dass dein Vater das liebt. Echt gut.

Und wenn Liebe durch den Magen geht … Hannahs Auftritt war super. Hat echt dazu geführt, dass meine Mutter zickig wurde und auf Dauer wird dein Vater dann ganz sicher angenervt von ihr sein. Wir sollten es dringend wiederholen. Ruf Hannah nach dem Essen mal an und sag ihr, wie lecker das Ratatouille war, und frag sie, ob sie, solange Frau Fischer im Urlaub ist, vielleicht für uns kochen möchte. Natürlich gegen Bezahlung. Sie soll einfach Gemüse aus ihrem Laden mitbringen. Dann verdient sie noch was nebenher.«

Da es Luca ausgesprochen gut schmeckte, fand sie die Idee gar nicht so schlecht.

Doch als sie es, nachdem sie gegessen hatten, Hannah vorschlug, wies die es energisch von sich. »Kommt gar nicht infrage. Lass mich da außen vor. Das ist ja wie ein Minenfeld. Nein danke, Luca.« Und nicht nur das, sie hielt Luca dann auch noch einen Vortrag, dass sie das, was sie und Vanessa taten, ganz und gar nicht gut fand. »Das passt überhaupt nicht zu dir. So kenne ich dich gar nicht.«

Luca war irgendwie sauer. Langsam verlor sie sogar die paar Freunde, die sie bisher gehabt hatte. Erst Milo, dann Theresa und jetzt war Hannah auch so merkwürdig.

Wie kam das bloß? Wieso hatten sie denn kein Verständnis für sie und ihre Situation?

Als sie Vanessa mitteilte, dass sich die Sache mit Hannah erledigt hatte, war das eine herbe Enttäuschung für die beiden.

»Und jetzt?«, fragte Vanessa.

»Weiß nicht«, meinte Luca mutlos und ziemlich schlecht gelaunt.

Vanessa

»Bist du sicher, dass wir nicht mehr auf Hannah zählen können?«

»Ja.«

»Mist! Na ja, vielleicht hat es auch schon gereicht und das war's. Meine Mam kann sehr ätzend sein, sie wird ihn rundmachen. Vielleicht geht er dann etwas auf Abstand.«

»Hoffen wir's.«

Vanessas Handy klingelte. »Hi, Annabell, was gibt's?«, flötete sie ins Telefon. Sie lauschte eine Weile, dann wurde sie etwas blass. »Ach was!«, meinte sie. »Und wen?« Vanessa schluckte und meinte dann mühsam beherrscht: »Hör mal, ich ruf dich gleich zurück, ich bin gerade …« Ratlos brach sie ab.

Luca machte ihr Zeichen, deutete auf die Reste des Essens. Vanessa verstand. »… beim Abendessen mit der Familie.« Dann legte sie auf.

»Was ist los?«, fragte Luca.

Vanessa war so schockiert, dass sie sofort antwortete:

»Delia hat vier Premierenkarten für einen Film von ihrem Vater bekommen. Sie hat Annabell eingeladen und sie will noch Adrian und Jan mitnehmen.«

»Hat sie die Jungs schon gefragt?«

»Nein, will sie morgen in der Schule machen.«

»Und wann ist diese Premiere?«

»Samstag.«

»Was für ein Film?«

»Irgend so eine Romantic Comedy.«

Luca lächelte. »Welcher Junge geht freiwillig in einen schmalzigen Film? Das kannst du doch toppen.«

Vanessa war höchst interessiert. »Aha und womit?«

»Sport! Ist irgendeine Sportveranstaltung am Samstag?«

Vanessa beeilte sich, das Internet zu durchforsten. »Es gibt ein Fußballspiel, irgendwas mit Monster Trucks, Basketball und ein Tennis-Turnier.«

»Nimm die Monster Trucks, das ist echt schräg. Und kauf mehr als vier Karten. Delia will ja nur Adrian und Jan mitnehmen, du bietest auch Mario eine Karte an. Dann reißt du die Jungs nicht auseinander. Die hängen doch immer zu dritt rum.«

Vanessa nickte begeistert. »Und es sieht viel großzügiger aus. Ich werde auch noch eine für Malte besorgen. Und für Mona, für Annabell, Theresa und … für dich?«

»Nein, danke. Freiwillig verbring ich keine Zeit mit diesem Adrian.«

Diese Mitteilung machte Vanessa noch glücklicher. Sie ging auf die Monster-Truck-Website, stellte fest, dass es tatsächlich noch Karten gab, und reservierte sie.

Sie sah auf und rief: »Gebongt!«

»Und ruf sie heute Abend noch an, damit sie morgen, wenn Delia fragt, ihr definitiv absagen, weil sie schon was vorhaben.«

Vanessa sah Luca fasziniert an. »Du bist echt genial!« Dann meinte sie: »Aber ich ruf Adrian auf keinen Fall an. Das sieht ja aus, als würde ich mich um ihn bemühen.« Luca verbiss sich eine Bemerkung. Vanessa fuhr fort: »Ich werde Mona anrufen, sie soll es ihren Brüdern sagen und die sagen es dann Adrian und Jan.«

»Und du musst Annabell zurückrufen.«

»Ach ja. Hm. Was erzähl ich ihr denn?«

»Nichts. Du willst Delia doch nicht vorwarnen.«

Vanessa grinste. »Stimmt.« Sie entschied, erst Mona anzurufen, denn wenn sie die Zusagen von den Jungs hätte, würde sie sich beim Gespräch mit Annabell schon viel wohler fühlen.

Es war nicht einfach, Mona Monster Trucks schmackhaft zu machen. Mona war sperrig.

»So was hat mich noch nie interessiert. Und wieso sollen meine Brüder da mitkommen?«

»Mona, wir müssen unseren Horizont erweitern. Und ich hab dir schon mal gesagt, wir müssen mehr mit Jungs unternehmen.«

»Ich lebe mit Jungs zusammen, glaub mir, es ist ätzend.«

»Das gilt nicht, es sind deine Brüder. Und jetzt frag sie mal, was sie davon halten.«

Noch am Telefon teilte Mona es ihren Brüdern mit. Natürlich waren sie begeistert, vor allem Malte, der ja für Vanessa schwärmte. Mario wollte Adrian und Jan gleich anrufen und Bescheid geben, ob die beiden auch mitkommen. Vanessa zog ihr Gespräch mit Mona in die Länge, bis Mario sein Telefonat mit seinen Kumpels beendet hatte und Mona das Ergebnis zurief. Nun entspannte sich Vanessa, denn wie Luca vorausgesagt hatte, waren die Jungs begeistert. Luca war wirklich gut. Fast bedauerte es Vanessa, dass Luca und sie keine Freundinnen waren. Jetzt konnte sie Annabell zurückrufen. Und morgen, wenn klar war, dass Delia ohne Adrian zu ihrer Premiere gehen musste, würde sie Annabell anbieten, sie zu diesem Monster-Truck-Rennen zu begleiten. Delia würde toben, wenn sie erfuhr, dass Adrian mit Vanessa verabredet war und deshalb ihr Film-Angebot ausschlug. Vanessa war sehr zufrieden; sie war auf dem besten Weg, ihre Führungsposition bei ihren BFFs zurückzuerobern. Blieb nur noch Theresa.

Den Gedanken schien Luca auch gerade zu haben. »Bei Theresa wirst du wohl kein Glück haben. Die ist sauer. Oder?«

Vanessa zuckte nur mit den Schultern. Sie hatte keine

Lust, zuzugeben, dass es sie wurmte, wie dreist Theresa ihre eigene Meinung kundgetan und ihr Verhalten verurteilt hatte.

»Vielleicht können wir ja doch noch mal mit ihr reden?«, schlug Luca vor.

»Wieso ist es dir denn so wichtig, was Theresa über dich denkt?« Ihr Tonfall war schärfer, als sie geplant hatte, aber nach wie vor war sie nicht daran interessiert, dass Theresa und Luca sich gut verstanden. Theresa war *ihre* Freundin! Luca sollte sich da nicht reindrängen!

Doch Luca hakte nicht mehr nach, sie schwieg und begann den Tisch abzuräumen.

Siegesgewiss betrat Vanessa am nächsten Tag den Schulhof. Delia war schon da, ebenso Annabell. Delia hatte wohl angeordnet, dass man heute sehr frühzeitig in der Schule sein sollte. Deshalb hatten sie Annabell nicht auf der Hinfahrt getroffen. Auch Theresa hatte sich ihr und Luca heute Morgen nicht angeschlossen. Es freute Vanessa, weil sie Luca die Enttäuschung angesehen hatte, aber es war auch ärgerlich für sie, weil sie ja Theresa wieder in der Gruppe ihres Gefolges brauchte. Auf dem Weg zum Schulhof lief Luca neben ihr her, was Vanessa sehr recht war, denn sie fand, man sollte sie nie irgendwo allein herumlaufen oder stehen sehen, das wirkte so Loser-mäßig.

Dann kam Adrian an. Als sie sah, dass Delia zu Adrian

ging und ihn ansprach, schlenderte sie wie zufällig in deren Nähe. Adrian bemerkte Vanessa und rief ihr zu: »Geht das klar mit Samstag?«

»Sicher. Ich hab schon die Karten.«

»Cool!«

Lässig lief sie weiter, aber sie hörte noch, wie Adrian zu Delia sagte: »Sorry. Vielleicht ein anderes Mal.«

Sie musste sich nicht nach Delia umdrehen, um ihre Reaktion zu sehen. Es war klar, dass Delia tobte. Innerlich natürlich nur. Genau wie sie war Delia stets auf Haltung bedacht.

»Vanessa!« Mona beeilte sich, zu ihr und Luca aufzuschließen. Etwas außer Puste fragte sie: »Um wie viel Uhr kommst du?«

»Wann? Wohin?«

»Na zu mir! Wir wollten doch heute Nachmittag backen.«

Oje! Also dazu hatte sie nun weiß Gott keine Lust. »Ach, weißt du, Mona, irgendwie ist das nicht so ideal, ich …«

»Ist es, weil die Jungs da sein werden?«

Vanessa starrte Mona verblüfft an. Was meinte sie? Dann fiel es ihr wieder ein.

Mona fuhr fort: »Ich hab ja gleich gesagt, wir sollten lieber bei dir backen.«

»Ähm, nein! Darum geht es nicht, ich …« Sie musste jetzt schnell die Kurve kriegen. Natürlich würde sie zu

Mona gehen. Eine weitere Chance, Zeit mit Adrian zu verbringen ließ sie sich nicht entgehen.

»Es war nur … ach, weißt du was? Es bleibt dabei. Ich komm zu dir.« Sie lächelte. »Ich hab's dir schließlich versprochen.«

»Wir können es auch verschieben«, bot Mona an.

Luca verbiss sich ein Grinsen und verabschiedete sich. Als Luca gegangen war, beugte sich Vanessa näher zu Mona und flüsterte: »Unsere Verabredung geht klar. Ich wollte bloß eben vor Luca nichts sagen.«

Natürlich fragte Mona nach. »Wieso denn? Willst du nicht, dass sie traurig ist, weil sie nicht eingeladen ist?«

Vanessa warf Mona einen verständnislosen Blick zu. Dann entschied sie sich zu lächeln und zu nicken.

»Also mir macht es nichts aus, wenn sie mitkommt«, sagte Mona.

Aber Vanessa würde es etwas ausmachen. Sie winkte ab. »Die hat sowieso keine Zeit.« Dann wechselte sie schnell das Thema: »Hör mal, diese Backmischung, die ich für dich besorgt habe, ist bio. Also total gesund.«

Mona zuckte mit den Schultern. »Mir ist das egal, aber meine Mutter freut sich darüber bestimmt.«

Ach, wie langweilig war es doch mit Mona! Aber egal, heute Nachmittag würde sie sich sowieso auf die Jungs konzentrieren. Sie sollte sich vielleicht mal über Monster Trucks schlaumachen, dann könnte man fachsimpeln. Und vielleicht brauchte sie auch noch eine

Erklärung, wieso ausgerechnet sie zu so einer Veranstaltung ging. Luca hätte vielleicht eine gute Idee. Nein, mit Luca würde sie nur das Nötigste besprechen und nur das, was ihre Eltern betraf. An ihrem restlichen Leben wollte sie sie nicht teilhaben lassen.

Luca

Luca war froh, als die Schule aus war, sie konnte sich nicht auf den Unterricht konzentrieren, und war mit ihren Gedanken die ganze Zeit woanders. Nach wie vor war sie unentschlossen, wie sie mit der Theresa-Situation umgehen sollte. Wie hätte sie denn früher reagiert? Bevor sie in die Fänge von Vanessa und ihrer Welt geraten war? Sie wäre einfach zu Theresa gegangen und hätte mit ihr gesprochen. Ganz offen und ehrlich. Aber inzwischen hatte sie sich daran gewöhnt, alles zu überdenken, abzuwägen, nichts ohne Berechnung zu tun, geschickte Schachzüge zu planen. Ja, sie schreckte nicht einmal vor Schwindeleien zurück. Und irgendwie funktionierte das auch. Es war etwas anstrengend, aber durchaus erfolgreich. Sie war sogar gut darin; selbst Vanessa hatte sie gelobt. Als sie diesen Gedanken hatte, fröstelte sie. Ein Lob von Vanessa bedeutete ihr etwas? Nein, Schluss damit. Sie musste wieder Luca werden, die alte Luca. Und dazu gehörte, dass sie nicht auf Vanessa wartete, um mit ihr gemeinsam nach Hause zu fahren. Sie holte ihr Rad und schob es vom Schulhof. Ihr Lehrer hatte pünktlich Schluss gemacht, Vanessas Klasse offensichtlich nicht, denn keins der Mädchen war auf dem Hof zu sehen. Ob sich Vanessa und Theresa wieder versöhnt hatten?

Luca fuhr los, und an der nächsten Ecke hatte sie eine Entscheidung getroffen. Sie würde hier warten. Wenn Theresa und Vanessa gemeinsam nach Hause fahren würden, wäre die Sache für sie erledigt, wenn Theresa allein käme, würde sie mit ihr reden.

Krampfhaft überlegte Luca, was sie tun könnte, damit es nicht so aussah, als würde sie hier warten. Vielleicht sollte sie so tun, als hätte sie ein Problem mit ihrem Rad?

Nun fing sie ja schon wieder so an! Das war doch genau das, was sie nicht mehr tun wollte. Sie brauchte keinen vorgeschobenen Grund. Sie würde hier warten, weil sie mit Theresa reden wollte, und auch dazu stehen! Aber sie würde ein paar Meter von der Kreuzung entfernt in der Seitenstraße warten. Damit, falls Vanessa und Theresa gemeinsam fuhren, die beiden sie nicht entdeckten. Das war ja wohl erlaubt.

Kurz darauf fuhr Theresa vorbei. Allein.

»Theresa!«

Die stoppte und drehte sich zu Luca um. Luca schob ihr Rad zu ihr und um auch ganz sicherzugehen, dass sie nicht aus Versehen irgendwelche Geschichten erfinden würde, sagte sie gleich: »Ich hab auf dich gewartet, weil ich mit dir reden wollte.«

Theresa sah Luca freundlich an. Das gab Luca den Mut, genau das auszusprechen, was sie fühlte. »Hör mal, ich bin traurig, weil du sauer auf mich bist.«

»Ich bin nicht sauer, nur irgendwie …« Theresa überlegte. »Enttäuscht. Das ist so fies, was ihr da macht. Bei Vanessa wundert mich das nicht, sie denkt, sie kann nicht anders. Aber dich hatte ich eigentlich anders eingeschätzt.«

»Ich war auch anders«, murmelte Luca.

»Schieb es jetzt nicht auf Vanessa«, sagte Theresa streng.

Mist, das hatte sie eigentlich vorgehabt. »Mir gefällt es hier einfach nicht.«

»Die Schule?«

»Nein, die ist o.k., viel besser als meine alte.«

Sie setzten sich beide in Bewegung und schoben ihre Räder.

»Das Haus?«

Luca zuckte mit den Schultern. »Definitiv nicht mein Geschmack, aber damit könnte ich mich arrangieren.«

»Was ist denn dein Problem?«

»Ich will nicht, dass Britta und Paul heiraten. Ich will Vanessa nicht als Schwester.«

Theresa lachte. »Man kann sich seine Familie eben nicht aussuchen.«

»Mein Leben war perfekt, als ich noch mit Paul im Viertel gewohnt habe.«

»Dinge verändern sich eben. Musst dich damit abfinden und das Beste draus machen.«

»Versuche ich ja.«

Theresa blickte Luca kritisch an. »Indem du gemeinsam mit Vanessa versuchst, deinen Vater und ihre Mutter auseinanderzubringen?«

Das »Ja« wollte Luca nun nicht über die Lippen kommen. Stattdessen seufzte sie. »Weißt du, ich glaube, das kann man nicht so richtig nachempfinden, wenn man nicht selbst in der Situation ist.«

Theresa schwieg.

»Was würdest du denn tun?«, fragte Luca nach.

Es dauerte etwas, bis sie antwortete. »Ehrlich gesagt, ich weiß es nicht.«

Luca war verblüfft, dass Theresa das zugab. Es wäre doch leicht gewesen, einfach zu sagen: Ich würde mich für meinen Vater freuen und mich damit abfinden.

Dann schob Theresa hinterher: »Ich sollte mich da vielleicht nicht einmischen.« Sie lächelte Luca an. »Weißt du was? Reden wir einfach nicht mehr darüber.«

Luca gefiel dieser Vorschlag.

»Sag mal, du bist doch mit der Frau aus dem Kostümfundus vom Theater befreundet«, sagte Theresa.

»Ja.«

»Meinst du, wir könnten da auch mal bei einer Probe zusehen?«

»Klar! Super Idee.« Luca nickte. »Ich frag mal, wann sie proben.«

Dann stiegen sie auf ihre Räder und fuhren nach Hause, während sie Pläne schmiedeten.

Luca war ausgesprochen zufrieden und gratulierte sich zu ihrer Entscheidung, mit Theresa zu reden. Vanessa hätte das nie im Leben getan, weil sie nicht verletzlich wirken wollte. Sie hätte ganz sicher irgendeine aufwendige Aktion gestartet, um Theresa wieder auf ihre Seite zu ziehen. Vanessa machte sich ihr Leben echt unnötig schwer. Dieser Gedanke gab Luca ein Gefühl der Überlegenheit. Ja, sie war wieder auf dem richtigen Weg. Das Gespräch mit Theresa hatte ihre Laune gehoben und sie beschloss, nun auch mit Milo und Hannah wieder alles ins Reine zu bringen. Heute Nachmittag würde sie ins Viertel fahren und die beiden besuchen.

In der Villa herrschte angespannte Stimmung. Paul saß am Esstisch, über eine Liste gebeugt, während Britta den Tisch deckte. Sie blieb neben ihm stehen und deutete auf das Blatt Papier. Beide hatten Luca den Rücken zugewandt und sie wohl noch nicht bemerkt. Luca verhielt sich leise.

»Bitte übertrag die Termine in dein Smartphone und schalte die Erinnerungsfunktion ein. Ich will nicht ständig Ausreden für dich erfinden müssen, wenn du nicht auftauchst.«

»Du musst keine Ausreden erfinden. Du weißt doch immer, wo ich bin. Ich arbeite. Leg die Termine in mein Atelier, dann kannst du sicher sein, dass ich da bin. Früher kamen die Leute ja auch einfach zu mir.«

»Nein, nein. Mein Haus ist privat. Für geschäftliche Dinge hab ich die Galerie. Außerdem hat das Poolhaus nicht das Flair, das man sich bei einem Künstler vorstellt. Es ist zu etabliert. Das Haus, die Wohngegend, das passt nicht zu deinem Image.«

»Sag ich doch! Du wolltest, dass ich mein altes Atelier aufgebe. Das hatte Flair. Und das Viertel sowieso.«

»Aber so ist es viel praktischer. Du wohnst und arbeitest am selben Ort.«

»Ja, nur jetzt soll niemand mehr in mein Atelier kommen.«

»Doch nur, weil … ach, Paul, notier dir einfach die Termine.«

Er beugte sich wieder über den Zettel.

»Es sind auch Partys und Veranstaltungen dabei, die gar nichts mit Kunst zu tun haben.«

»Da musst du jetzt durch. Du hast Erfolg, bist bekannt und es wird erwartet, dass du dich auch auf wichtigen Veranstaltungen und so weiter zeigst.«

»Ich hab ja kaum noch Zeit zum Malen, wenn ich da überall hingehe«, maulte er.

»Das ist der Preis, den man zahlen muss, wenn man erfolgreich ist.«

Ganz leise und vorsichtig schlich Luca wieder rückwärts, um gleich darauf offiziell das Haus zu betreten. Im Flur rief sie laut: »Ahoi! Bin daha!«

Als Antwort gab Paul seinen Aufenthaltsort durch: »Esszimmer!« War auch nötig in diesem Riesenhaus.

Luca sah Paul die Unzufriedenheit nicht mehr an, als sie das Esszimmer betrat. Er lächelte. »Na, wie war die Schule?«

»Wie eine elitäre Privatschule eben so ist: elitär und privat.« Dass es ihr dort, bis auf die Schuluniform, eigentlich gut gefiel, musste er ja nicht wissen.

»Wo ist Vanessa?«, erkundigte sich Britta.

»Keine Ahnung.«

»Ich denke, ihr fahrt gemeinsam?«

»Tja, läuft wohl nicht alles so, wie du dir das vorstellst …«

Britta wollte etwas entgegnen, doch sie schloss den Mund wieder und ging einfach über Lucas Bemerkung hinweg.

»Es gibt gleich Essen.«

»Du hast gekocht?«, fragte Luca ironisch.

Ärgerlich zog Britta die Augenbrauen zusammen. »Ich hab bestellt. Beim Italiener. Setz dich bitte.«

»Ich muss erst aus diesen dämlichen Klamotten raus«, sagte Luca und ging nach oben.

Als sie wieder nach unten kam, hatte sich auch Vanessa eingefunden.

Britta stellte gerade das Essen auf den Tisch, wünschte »Guten Appetit« und setzte sich.

Nachdem Vanessa zwei Bissen von der Lasagne gegessen hatte, sagte sie zu ihrer Mutter: »Du solltest dir mal das Ratatouille-Rezept von Hannah geben lassen. Das war echt lecker.« Unschuldig lächelte sie.

Britta biss die Lippen zusammen, dann wandte sie sich an Paul. »Möchtest du das?«, fragte sie in einem Ton, bei dem Paul dann doch erkannte, dass seine Antwort »Nein« lauten sollte.

Allerdings seufzte er leise, was ihm dann trotzdem einen vorwurfsvollen Blick von Britta eintrug.

Das lief ja hervorragend, stellte Luca fest. Trouble in Paradise! Kurz sahen sie und Vanessa sich an. Ja, es war wohl nur noch eine Frage der Zeit, bis ihre Eltern feststellen würden, dass es auf Dauer nicht gut ging.

Nachmittags machte sich Luca auf den Weg in die Stadt. Sie schob gerade ihr Rad die Einfahrt hinunter zur Straße, als Vanessa rief: »Hey, warte mal!«

Ein wenig missmutig blieb sie stehen.

»Was gibt's?«

»Was soll der Ton? Ist dir 'ne Laus über die Leber gelaufen?«

»Nein. Nun sag schon, ich muss los.«

»Wir fahren ja in dieselbe Richtung, also keine Panik, du kommst schon nicht zu spät. Wo willst du eigentlich hin?«

Sie stiegen auf ihre Räder und fuhren los.

»In die Stadt.«

»Sehr gut. Du solltest noch mal mit Hannah reden, meine Mutter hat sie gefressen; ein weiterer Auftritt von ihr und die beiden haben echt Krach.«

»Hab dir doch schon gesagt, dass Hannah da nicht mitmacht.« Spitz fügte sie hinzu: »Nicht jeder ist für Intrigen zu haben.«

»Was willst du denn damit sagen? Entschuldige mal! Wir haben das gemeinsam ausgeheckt!«

Ja und darüber ärgerte sich Luca nun. Vanessa sah es ihr an, sagte: »Dumme Ziege« und fuhr davon.

»Gleichfalls«, rief Luca ihr hinterher. Wie war das denn jetzt gekommen? Aber auf Harmonie mit Vanessa legte sie sowieso keinen gesteigerten Wert.

Als sie bei Hannah im Laden war, entspannte sie sich. Es war wie früher. Sie half ihr beim Gießen der Kräuter, zupfte welke Blätter ab, ordnete die Packungen in den Regalen und fegte den Laden.

»Du weißt, dass ich dich dafür nicht bezahlen kann«, sagte Hannah.

»Ja, kein Thema. Bin froh, dass ich dir nichts zahlen muss, dass ich hier sein darf.«

Hannah lachte. Dann hielt sie inne, sah Luca an und fragte mitleidig: »So schlimm?«

Luca nickte. Hannah nahm ihr den Besen aus der Hand und drängte sie, sich an den kleinen Tisch mit den zwei Stühlen zu setzen. Schnell bereitete sie einen Tee zu.

»Es tut mir leid, dass du sich zurzeit so schlecht fühlst.«

Luca nickte. Endlich jemand, der sie verstand! »Mein Leben ist furchtbar!«

»Inwiefern denn?«

»Nichts ist mehr so, wie es war.«

Hannah zögerte ein wenig, dann fragte sie vorsichtig: »Du redest von dem Umzug? Und dass dein Vater mit Britta zusammen ist?«

»Ja«, meinte Luca, ein wenig irritiert über die Frage.

»Aber das ist ja eigentlich nichts wirklich Schlimmes. Also, ich meine, es ist kein Schicksalsschlag oder so.«

Fassungslos sah Luca Hannah an. Bitte? Was sollte das? »Mein Leben ist auf den Kopf gestellt!«

»Natürlich. Alles ist anders, alles ist neu, ungewohnt. Das ist klar, verstehe ich, aber … also, sagen wir mal so: Du klagst auf hohem Niveau …«

»Was soll denn das heißen?«

»Ich mein ja nur, dass du dich über etwas beklagst, worüber andere sich freuen würden.«

Luca unterbrach sie ärgerlich: »Das kannst du doch gar nicht beurteilen, du bist nicht in meiner Situation!«

»Jetzt sei nicht gleich sauer, Luca. Lass uns darüber reden. Du warst es gewohnt, dass du immer alles bestimmen konntest im Leben deines Vaters; irgendwie hattet ihr die Rollen vertauscht. Du hast immer gesagt, du wärst eine ›alleinerziehende Tochter‹. Und, na ja, das entsprach auch irgendwie den Tatsachen. Jetzt macht sich ›dein Kind‹ selbstständig und hat eigene Ideen, trifft Entscheidungen.«

»Ohne mit mir darüber zu reden!«, warf Luca ein.

»Ja. Den Punkt finde ich auch nicht gut. Er hätte es mit dir besprechen sollen. Aber jetzt mal ganz ehrlich: Hätte er denn eine Chance gehabt, dich davon zu überzeugen?«

»Nein.«

»Na, deshalb hat er es vielleicht gar nicht erst versucht …«

Luca war empört. »Wieso verteidigst du ihn? Dich hat er doch auch enttäuscht.«

Da Hannah nicht sofort reagierte, fügte sie hinzu: »Aus heiterem Himmel hat er eure Beziehung beendet.«

Hannah schüttelte den Kopf. »Nicht aus heiterem Himmel, sondern weil ich wissen wollte, ob das mit uns beiden eine Zukunft hat.«

»Na, sag ich doch. Er hat Schluss gemacht.«

»Aber das nehme ich ihm nicht übel. Ich war halt nicht die Richtige für ihn. So was kann man doch nicht erzwingen.«

»Ach, und du meinst, Britta ist die Richtige?«

»Also dazu will ich mich nicht äußern.«

»Doch. Bitte!«

Hannah seufzte. Dann antwortete sie: »Ich finde nicht, dass die beiden zusammenpassen, aber das ist deren Sache.«

»Und meine! Weil ich da ja mit reingezogen werde.«

»Dein Vater ist erwachsen, es steht ihm zu, Entscheidungen zu treffen.«

»Also nur weil er erwachsen ist, heißt das nicht, dass er auch kluge Entscheidungen trifft!«

Hannah lachte. »Ja. Und das gilt für eine Menge Leute.«

»Aber was soll ich denn jetzt tun?«

»Nichts. Nimm es von der sportlichen Seite. Versuch einfach, in dieser neuen Welt zu überleben. Ist doch spannend, mal da reinzuschnuppern. Hey, ich hab das Haus gesehen, du wohnst fabelhaft!«

»Tzz!«

»Aber achte darauf, dass du dich nicht allzu sehr veränderst.« Sie lächelte. »Du warst nämlich immer ein wirklich tolles Kind, hattest deinen eigenen Stil, deine Regeln, warst kreuzehrlich und verblüffend klug für dein Alter. Pass auf, dass dir das nicht verloren geht.«

Luca starrte Hannah an und stöhnte genervt auf.

»Was?«, fragte Hannah.

»Ich hasse es, wenn du recht hast!«

Hannah lächelte. »Du wirst schon das Richtige tun. Wie findest du den Tee? Den hab ich neu im Angebot. Zitronengras.«

»Schmeckt gut.«

In der Zeit, in der sie hier saßen, hatte kein Kunde den Laden betreten.

»Hier ist ja nicht wirklich viel los«, stellte Luca fest.

Hannah nickte seufzend. »Ich muss mir was einfallen lassen. Weißt du, deine Vanessa hat mich da auf eine Idee gebracht …«

»Sie ist nicht *meine* Vanessa«, stellte Luca klar.

»Die Idee mit dem Lieferservice ist gar nicht so schlecht«, fuhr Hannah unbeirrt fort. »Das sollte ich anbieten. Ich mach vielleicht Flyer und richte eine Website ein.«

»Gute Idee. Ich kann die Flyer ja verteilen, im Villenviertel in Briefkästen werfen und so, könnte mir vorstellen, dass die Rich People auf so was anspringen.«

»Das wäre super. Danke!«

»Irgendwas Gutes muss es ja haben, dass ich dort gelandet bin.«

Hannah grinste. »Das klingt jetzt schon wieder mehr nach der Luca, die ich kenne.«

Luca warf einen Blick auf die Uhr. Sie wollte ja noch Milo treffen.

»Musst du los?«, fragte Hannah.

»Ähm, ja, ich wollte noch beim Theater vorbei.« Von

wegen kreuzehrlich! Wieso gab sie nicht zu, dass sie Milo sehen wollte?

»Grüß Susanne von mir.«

Nun musste sie wirklich dort hin. War aber okay, sie wollte sich ja nach den Terminen für die Proben erkundigen und fragen, ob sie mit Theresa zuschauen dürfte.

Vor der Tür des Bio-Ladens nahm Luca ihr Handy aus der Tasche, um Milo anzurufen. Doch dann zögerte sie. Eigentlich wäre es ihr lieber, wenn sie sich zufällig treffen würden. Früher war sie mit Milo oft bei Gürcans Imbissbude zum Döneressen gewesen. Ja, ihr war nach Döner zumute. Das würde sie wieder in die »gute alte Zeit« zurückversetzen. Und vielleicht konnte sie sich ja den Mut anessen, Milo anzurufen.

Gürcan freute sich, Luca zu sehen. Sie bestellte einen Döner und legte das Geld auf die Theke.

»Heute Sonderangebot, kostet nur die Hälfte«, sagte er und schob ihr Geld wieder zu ihr zurück. Früher hatte er, wenn Milo und sie nur Geld für einen Döner hatten und sich den teilen wollten, immer behauptet, es gäbe zwei für den Preis von einem.

»Ach, Gürcan, das ist total lieb, aber echt nicht nötig. Ich hab jetzt …« Sie brach ab, weil ihr der Rest des Satzes nicht über die Lippen wollte. Sie wollte sagen: ›… mehr als genug Geld.‹ Nein, das klang furchtbar. Daher schwieg sie.

Glücklicherweise wollte Gürcan sowieso nichts davon

hören, energisch schob er ihr Geld wieder zu ihr, winkte ab und sagte: »Ist meine Freude.«

Sie strahlte ihn an. »Danke!«

Genüsslich biss sie in den Döner. Nach einer Weile fragte sie vorsichtig: »Kommt Milo noch oft hierher?«

Gürcan nickte. »Ist jetzt mit neue Freundin immer hier.«

Luca verschluckte sich fast. Neue Freundin?! Milo hatte eine Freundin? Schnell versuchte sie, wieder einen ganz normalen Gesichtsausdruck zu erlangen. Sie schaffte sogar ein dünnes Lächeln. »Ach, das ist ja nett«, sagte sie matt.

»Ich immer dachte, ihr zwei …«

Luca schüttelte heftig den Kopf. »Nein! Nein, Milo und ich waren immer nur Freunde.« Nur? »Also, wir waren beste Freunde!«, korrigierte sie. Waren? »Sind!«, sagte sie trotzig.

Na super. Wenn sie wirklich beste Freunde wären, dann würde sie ja nicht am türkischen Imbiss-Stand erfahren, dass Milo eine Freundin hatte.

Zwei weitere Leute drängten an die Theke und bestellten. Das verschaffte Luca eine Verschnaufpause. Doch es nützte nichts, sie war aufgewühlt. Dann erfasste sie Panik, dass Milo nun plötzlich hier mit seiner Freundin auftauchen könnte. Sie wollte ihm auf keinen Fall begegnen. Es blieb nur eins: Flucht.

Mit dem halb aufgegessenen Döner in der Hand

winkte sie Gürcan zum Abschied zu und brach überstürzt auf.

Auf dem Rückweg fiel ihr ein, dass sie ganz vergessen hatte, beim Theater vorbeizugehen. Sie würde Susanne anrufen.

Vanessa

Bereits auf dem Weg zu Mona hatte sich Vanessa Gedanken darüber gemacht, wie sie diese ganze Back- und Muffin-Arie wieder beenden könnte. Das war derart lahm! Man könnte shoppen gehen, Nagelstudios ausprobieren, in Coffee Shops rumhängen, im Internet nach neuen Trends stöbern, sich lustige YouTube-Videos ansehen, und vor allem: Jungs! In ihrem Alter sollten sie was mit Jungs unternehmen. Sie brauchten Umgang mit coolen Typen.

Nachdem Vanessa Mona die Bio-Backmischung gegeben hatte, meinte sie: »Wir sollten uns mal was Neues einfallen lassen. Muffins sind irgendwie so gestern!«

»Wirklich?«

»Ja.«

»Also ich finde Muffins toll.«

»Schon, aber wir brauchen etwas Cooleres, etwas Aufregenderes.«

»Okay. Wie wär's mit Cupcakes?«

»Cupcakes?«, hatte Vanessa ungläubig gefragt. Dachte

Mona wirklich nur ans Essen? »Wie kommst du denn jetzt darauf?«, hatte sie gestöhnt.

Mona hatte gestrahlt und auf ihre Ohrläppchen gedeutet. Dort baumelten die Cupcake-Ohrringe, die Vanessa ihr geschenkt hatte. »Als ich die vorhin im Spiegel gesehen habe, kam mir die Idee. Ich such mal schnell alles zusammen, was wir für Cupcakes brauchen.«

Mona hatte angefangen, in der Küche herumzuwuseln, während Vanessa leidend danebengestanden hatte und nicht fassen konnte, dass sie es gerade nur schlimmer gemacht hatte.

Nein, die Jungs würden bald kommen und dann wollte sie nicht in der Küche stehen und backen. Außerdem waren Cupcakes reiner Mädchenkram. Völlig unmännlich. Muffins waren ja schon an der Grenze, aber Cupcakes? Damit würde sie Adrian bestimmt nicht beeindrucken können.

Schließlich hatte Vanessa eine leichte Mehl-Allergie vorgeschoben, die es ihr unmöglich machte, in der Nähe einer Mehltüte oder einer Backmischung zu sein.

»Das ist aber ärgerlich.«

»Mach dir keine Gedanken, ich komm damit zurecht.«

»Nein, ich meinte, das ist ärgerlich für mich.«

»Oh.« Dann fragte sie ein weinig pikiert: »Und wieso für dich?«

»Weil ich mich total aufs Backen gefreut hatte«, jammerte Mona.

Vanessas Mitleid hielt sich in Grenzen.

Kläglich fragte Mona: »Und was machen wir jetzt?«

»Was essen deine Brüder denn so als Snacks?«

»Nachos mit Käse überbacken.«

»Und wie geht das?«

»Nachos in eine Auflaufform, Käse drüber und in den Backofen, bis der Käse verlaufen ist. Dazu dann Salsa.«

»Ach je, wie macht man die?«

»Die gibt's im Glas. Haben wir immer da.«

»Super. Lass uns das ausprobieren.«

»Das mag ich aber gar nicht.«

»Aber deine Brüder.«

»Wieso sollen wir was für die machen?«

Vanessa seufzte, doch dann lächelte sie milde: »Weil man als netter Mensch auch mal was für andere tut!«

Mona musste eine Weile darüber nachdenken, dann nickte sie. »Okay.« Sie räumte die Cupcake-Zutaten wieder weg, suchte eine Tüte mit Nachos und gab, aus einem für Vanessa nicht nachvollziehbaren Grund, das Rezept für Cupcakes wieder: »... das Mehl mischt man mit Backpulver, Natron und Salz ...« Als sie Vanessas leidendes Gesicht sah, hielt sie erschrocken inne. »Die Allergie hast du doch nur, wenn du mit Mehl in Berührung kommst? Also, ich kann darüber reden, oder?«

Vanessa riss die Augen auf. Ernsthaft? Na gut, Mona hatte gefragt. Sie lächelte und meinte gespielt tapfer: »Na ja, also um ehrlich zu sein ... schon der Gedanke daran bereitet mir … Unwohlsein.« Und das stimmte sogar.

»Oh, sorry. Ich kenn mich mit Allergien nicht aus. Ich hab keine. Dann reden wir lieber über etwas anders.«

Vanessa heuchelte Dankbarkeit. Im nächsten Moment hörte sie, dass die Jungs eintrudelten. Endlich! Man traf sich immer bei demjenigen, dessen Eltern nicht zu Hause waren. Heute waren es die Meyer-Mühlenkamps. Jan, Adrian und Mario fläzten sich an den großen Esstisch, stöpselten ihre Gamer-PCs ein und begannen *World of Warcraft* zu spielen. Vanessa war darüber nicht sehr erfreut, damit hatte sich ihr Plan, mit den Jungs rumzuhängen und zu quatschen, erledigt. Keiner der drei sah von seinem Bildschirm auf, als sie ins Zimmer kam. Damit wollte sie sich nicht abfinden. Schließlich schuldeten die Jungs ihr Lob und Dank für ihre Einladung am Samstag.

»Hi«, sagte sie. Keine Reaktion. Dann versuchte sie es mit Lucas »Ahoi!«. Laut und kräftig. Es wirkte.

»Hey«, tönte es von Jan und Mario, kurzer Blick zu ihr, dann wieder auf ihre jeweiligen PCs.

Adrian hatte nicht zu ihr aufgesehen, seine Aufmerksamkeit war weiter bei seinem Spiel, während er nebenher sagte: »Ahoi? Du klingst ja schon wie Luca.«

Vanessa hatte Mühe, nicht mit den Zähnen zu knirschen. Adrian hatte sich Lucas Namen und ihre Begrüßungsformel gemerkt. Das gefiel ihr gar nicht. Was sollte sie sagen? Nichts. Sie fand es souveräner, seine Bemerkung zu ignorieren.

»Könnt ihr mal kurz stoppen?«

Keiner reagierte.

»Wegen Samstag … Monster Trucks.«

Nun hatte sie zumindest die volle Aufmerksamkeit von Jan und Mario. Adrian spielte weiter. Sie lächelte dennoch freundlich in die Runde. »Ich dachte, ich bestell uns ein Großraumtaxi. Treffen wir uns vorher bei mir! Ist das okay für euch?«

»Klar.«

»Cool.«

Dann wandten sich Jan und Mario wieder dem Spiel zu. Dämliche Bande! Aber so schnell würde sie nicht aufgeben.

»Und noch was … hat jemand Interesse an Nachos? Ich mach grad welche. Mit Käse überbacken und so. Wollt ihr auch?«

»Klar.«

»Cool.«

Vanessa stöhnte innerlich auf: Mit Jungs war einfach kein Gespräch anzufangen. *Klar, Cool* – Sache erledigt. Und Adrian hatte wieder keine Reaktion gezeigt.

»Also, Adrian, du möchtest keine?«, fragte sie in leicht aggressivem Ton. Nichts. Doch dann beendete Adrian sein Spiel und wandte sich ihr zu.

»Na sicher will ich welche und ich werd dir dabei sogar helfen.« Er stand auf. Damit hatte sie nicht gerechnet. Perplex starrte sie ihn an. Er ging an ihr vorbei, Richtung Küche. Verflixt, Mona war ja dort und bereitete die Nachos vor. Sie lief schnell hinter ihm her, aber bevor sie ihn stoppen konnte, hatte er die Küchentür bereits geöffnet. Sie blieb im Flur wie angewurzelt stehen. Nachdem er einen Blick in die Küche geworfen hatte, schloss er die Tür wieder, kam zu ihr und grinste. »So sieht es also aus, wenn du arbeitest? Jemand anderes macht es für dich.«

Sie biss sich auf die Lippen, meinte dann aber: »Und? Was ist dagegen einzuwenden?«

Er grinste. »Nichts. Das hast du echt drauf.« Er grinste noch breiter. »Lass uns abhauen.«

»Wie?«, fragte Vanessa. »Jetzt? Auf der Stelle?«

»Sicher.«

Er zog sie am Arm zur Haustür.

»Und was ist mit deinem Spiel?«

»Läuft mir nicht weg.«

»Ich auch nicht«, hätte sie fast gesagt. Aber dann schlug ihr Herz höher: Ein Junge, der seine Prioritäten richtig gesetzt hatte und der sie einem PC-Spiel vorzog.

»Und was ist mit Jan und Mario?«, erkundigte sie sich, um ihm abermals die Chance zu geben, zu sagen, dass sie ihm wichtiger sei.

Er blieb stehen. »Bist du wegen denen hier?«

»Ähm, nein.« War damit klar, dass sie wegen ihm hier war? Das wäre jetzt nicht so gut.

»Was ist mit den Nachos?«

»Wir kaufen welche im Kino.«

»Kino?«, echote sie. Das war jetzt alles etwas zu schnell, zu viel. Sie war völlig überfordert. Hatte Adrian sie gerade ins Kino eingeladen?

»Also. Gehen wir?«

Sie sollte nicht so einfach zu allem Ja sagen.

»Was für 'n Film?«

»Warst du schon in dem neuen Action-Movie?«

Bevor sie sagen konnte, dass sie nicht die Bohne Interesse daran hatte, meinte er: »Wenn du auf Monster Trucks stehst, wirst du den lieben.«

War das ein Test? Eine Falle? Aber er ließ ihr keine Zeit. Er hatte die Haustür geöffnet und machte eine einladende Handbewegung nach draußen. Sie folgte und bemühte sich, nicht allzu happy auszusehen.

Draußen nahm er sein Rad, das er achtlos vor der Haustür auf den Rasen geworfen hatte, deutete auf seinen Gepäckträger und sagte: »Spring auf.«

Endlich ergab sich eine Gelegenheit, etwas abzulehnen. »Nein danke. Ich bin selbst mit dem Rad hier.«

»Echt jetzt?« Er schien ehrlich verblüfft. »Prinzessin Vanessa fährt Rad?«

Sie tat lässig. »Schon ewig. Man ist einfach unabhängiger.«

Ja, die Sache mit dem Rad stellte sich nun doch als Vorteil heraus. Außerdem hatte sie viele Ohs und Ahs wegen ihres Rades bekommen. Was ihr sehr gut gefiel. Sie ging zum Fahrradständer neben dem Haus, wo sie ihren Beachcruiser abgestellt hatte.

»Cooles Teil«, meinte Adrian, als er ihr Rad sah. Dann fuhren sie los.

Erst als sie im Kino gemütlich ihre Nachos aßen, fiel ihr Mona ein. Mist. Sie hatte sie einfach sitzen lassen. Aber hey, wer bei Verstand würde sich die Chance, mit Adrian einen Film zu schaun, entgehen lassen? Dumm nur, dass Mona das nicht verstehen würde. Doch bevor der Film anfing, sollte sie ihr noch schnell eine WhatsApp schicken. Wie regelte Adrian das eigentlich?

»Sag mal, wenn Jan und Mario dich fragen, wo du abgeblieben bist … was erzählst du denen?«

»Dass ich mit dir ins Kino gegangen bin.«

»Und sie sind nicht sauer?«

»Wieso denn?«

War das bei Jungs wirklich so einfach?

»Hör mal, ich will das Mona eigentlich nicht sagen.«

»Sondern?«

»Na, was anderes.«

»Wieso?«

»Weil es … gemein ist, also unfair oder so. Einfach abzuhauen, ohne Bescheid zu sagen.«

»Das kümmert dich?«

Fragte er das ernsthaft? Aber sie wollte sich jetzt nicht auf eine Grundsatzdiskussion einlassen.

»Ich sag Mona, dass meine Mutter mich gebeten hat, was für sie zu erledigen.«

»Mir egal.«

»Nein, eben nicht, denn dann kannst du Jan und Mario nicht erzählen, dass du mit mir im Kino warst.«

Er grinste. »Und schon haben wir unserer erstes gemeinsames Geheimnis …«

So richtig froh machte sie der Gedanke allerdings nicht. Sie schickte die WhatsApp, schaltete ihr Handy aus und versuchte nun, sich ganz auf den Kinobesuch mit Adrian zu konzentrieren. Sie war doch echt ein Glückspilz! Das hätte gar nicht besser laufen können. Ihr erstes Date! Vielleicht würde er sie küssen. OMG! Das war bestimmt sein Plan. Deshalb hatte er sie ins Kino eingeladen! Vanessa konnte kaum noch atmen vor Aufregung.

Er rückte etwas näher, sah sie an und sagte leise: »Erzähl mir mal was über diese Luca. Wie ist die so drauf?«

Luca? Echt jetzt? Er fragte sie nach Luca? Vanessa musste sich wahnsinnig beherrschen, nicht völlig auszurasten und ihn anzubrüllen. Sie war supersauer. Das mit dem Kuss konnte er vergessen! Sie würde Haltung bewahren, den blöden Film ansehen und dann sofort verschwinden.

»Keine Ahnung.«

»Na hör mal, ihr lebt im selben Haus.«

»Meine Güte, ich lebe ja auch mit unserem Staubsauger im selben Haus und weiß nicht, wie der so drauf ist!« Das kam jetzt etwas heftiger aus ihr raus, als sie vorgehabt hatte.

Adrian lachte. »Du bist witzig.«

Witzig, haha, ja total witzig! Idiot!

Der Film war dämlich, Vanessas Laune im Keller und sie konnte es nicht erwarten, bis der ganze Spuk vorüber war. Sie war aber auch naiv! Wieso hatte sie sich von ihm überreden lassen, einfach alles stehen und liegen zu lassen, um mit ihm ins Kino zu gehen?!

Als sie das Kino verließen und ihre Räder holten, fragte er: »Seh ich dich morgen?«

Eigentlich wollte sie schnippisch sagen: ›In der Schule; lässt sich ja nicht vermeiden.‹ Aber das gelang ihr dann doch nicht. Sie wollte ihn ja wiedersehen! Nur wollte sie nicht, dass er wusste, wie wichtig ihr das war. Sie zuckte mit den Schultern und bemühte sich um einen gelangweilten Gesichtsausdruck.

Er sagte: »Ich bin ab drei in der *White Lounge*. Komm doch auch.«

»Mal sehen. Ich muss jetzt los. Tschüss!«

Adrian machte eine Geste, die wohl darauf hinauslief, ihr zum Abschied einen Kuss auf die Wange zu geben, aber sie drehte schwungvoll ihr Rad um und ließ ihn ins Leere laufen. Als sie in sicherem Abstand zu ihm war, schaute sie noch zurück und rief, so normal sie konnte: »Also dann, bis morgen!« Denn selbstverständlich würde sie sich kein Date mit Adrian entgehen lassen.

Auf dem Nachhauseweg kamen ihr dann noch andere Erklärungen für seine Frage nach Luca in den Sinn. Es konnte doch auch ganz harmlos sein. Er hatte nur ein Gesprächsthema gesucht. Oder vielleicht fand er Luca doof und wollte wissen, wieso sie so war? Hatte sie eine Chance verpasst, mit Adrian gemeinsam über Luca zu lästern? Mist! Sie hätte nicht so abweisend sein sollen! Klar war, sie würde morgen in die *White Lounge* gehen, um ihn zu treffen.

Blöde Luca! Und überhaupt, was fiel der eigentlich ein, ihr zu unterstellen, sie hätte Spaß an Intrigen. »Nicht jeder ist für Intrigen zu haben«, hatte sie so süffisant behauptet. Was sollte das? Luca selbst war ja Meisterin darin! Wer hat denn Pauls Exfreundinnen antanzen lassen? Und die Idee mit der Monster-Truck-Veranstaltung stammte auch von ihr!

Hoffentlich war das bald alles zu Ende. Heute Mittag hatte man ja bereits sehen können, dass es zwischen ihrer Mutter und Paul kriselte. Sie musste nur durchhalten, bald würde alles wieder gut werden.

Dann fiel ihr Mona ein. Ob sie sehr sauer auf sie

war? Bei Mona wusste man das nie so genau. Sicherheitshalber sollte sie sich schon mal überlegen, wie sie Mona wieder versöhnen konnte. Mit einem Geschenk. Sie sollte noch schnell etwas für Mona kaufen. Schon lenkte sie ihr Rad in Richtung Stadt und durchstöberte ein paar Geschäfte. Schließlich entschied sie sich für ein Set, mit dem man Pralinen selber machen konnte. Perfekt! Sie knipste ein Foto davon und schickte es Mona per WhatsApp. *Schau mal, was ich gerade für dich gekauft habe*, schrieb sie.

Monas Reaktion ließ nicht lange auf sich warten. *Wie cool ist das denn?!*

Erleichtert über Monas Nachricht antwortete Vanessa: *Bring ich dir morgen mit in die Schule.*

Mona: *Das ist aber unpraktisch, dann muss ich es ja den ganzen Vormittag rumschleppen.*

Bitte? Wie undankbar!

Mona schrieb weiter: *Bring es lieber nachmittags mit zu mir, wenn wir die Pralinen machen.*

Was sollte das denn? Mona hatte doch kein Abo für tägliche Treffen mit ihr!

Morgen hab ich leider keine Zeit.

Triffst du dich wieder mit Adrian?

Vanessa erstarrte. Wie kam Mona denn jetzt darauf? Verdammt! Adrian hatte gequatscht. Er hatte es wahrscheinlich Jan und Mario erzählt und Mario dann seiner Schwester. Da lügt sie wegen ihm und er fällt ihr in den

Rücken! Vanessa las die WhatsApp noch einmal sehr genau. War Mona beleidigt? Klang da ein Vorwurf raus? Sollte sie sich rechtfertigen oder sich gar entschuldigen? Vanessa war grundsätzlich dagegen, sich zu entschuldigen, damit zeigte man nur Schwäche. Also was nun? Sie würde einfach drüber hinweggehen. Nein, sie musste ja irgendwas antworten.

Nein. Aber ich muss in die Stadt.

Ich komme mit!

Was? Glaubte Mona, sie würden jetzt immer zusammen rumhängen? Sie seien beste Freundinnen?

Dann schluckte sie. Verflixt. Offiziell waren sie ja genau das! Das war aber auch alles eklig kompliziert!

Mit meiner Mutter, schrieb Vanessa. Dann noch schnell: *Sie will einen Mutter-Tochter-Nachmittag.*

Würde Mona den Wink mit dem Zaunpfahl verstehen?

Ach so. Dann bring mir doch vorher das Pralinen-Set vorbei.

Mona war ja regelrecht unverschämt! Aber sie konnte es sich zurzeit nicht leisten, Mona zu verärgern. Nicht, solange sie und Delia um die Führungsposition bei den BFFs kämpften. Das nervte wirklich!

Kein Problem, mach ich, antwortete sie zähneknirschend.

Für einen kurzen Moment beneidete sie Luca. Die hatte solche Probleme nicht. Weil sie einfach keine Freundinnen hatte. Vielleicht war dieses ganze Konzept mit bester Freundin doch irgendwie nicht so gut.

Unsinn! Jedes Mädchen braucht eine beste Freundin. Und sie hatte gleich vier!

Die Sache mit dem Pralinen-do-it-yourself-Set würde sie ganz elegant lösen: Sie würde es mit in die Schule nehmen, aber es Mona erst nach der letzten Stunde geben. Dann konnte Mona nicht meckern, dass sie es herumschleppen musste. Und ihr würde es ersparen, nachmittags bei ihr vorbeizufahren.

Luca

Vanessa hatte heute Morgen schon vor Luca das Haus verlassen und wartete mit ihrem Rad an der Straße auf Theresa. Zeitgleich mit Luca kam Theresa aus dem Haus.

Vanessa ignorierte Luca, rief dafür aber Theresa ein besonders herzliches »Hallo, wie geht's?« zu und stellte sicher, von Anfang an neben Theresa zu fahren und sie in ein Gespräch zu verwickeln. Luca schluckte ihren Ärger darüber hinunter und radelte hinter den beiden her.

»Interessierst du dich eigentlich für Monster Trucks?«, fragte Vanessa Theresa.

Theresa lachte. »Nee, echt nicht. Wieso?«

»Ach, mein Vater hat da Beziehungen und einen Schwung Karten bekommen.«

Luca stöhnte auf: Musste Vanessa eigentlich notorisch lügen?

»Na ja, meine kleinen Brüder hätten daran vielleicht Spaß«, sagte Theresa.

Luca grinste. Das war ja eine nette Wendung, damit

hatte Vanessa wohl nicht gerechnet. Nun hatte sie zwei kleine Jungs an der Backe.

»Oh«, machte Vanessa. Dann fing sie sich wieder und sagte: »Ähm. Klar. Ich frag mal, wie viele Karten er genau hat und sag dir dann noch mal Bescheid.«

Luca rief fröhlich von hinten: »Also meine Karte ist frei, ich will da nicht hin. Und wenn Theresa auch nicht will, sind ja zwei Karten übrig.«

Vanessa drehte sich zu ihr um und warf ihr einen wütenden Blick zu, den Luca frech grinsend erwiderte.

»Allerdings«, meinte Theresa dann, »sag ihnen noch nichts, ich will lieber erst mal meine Mutter fragen, ob sie das überhaupt erlauben würde.«

»Na klar.« Vanessas Stimme war Erleichterung und Hoffnung anzuhören. »Vielleicht sind sie dafür ja auch wirklich noch zu jung.«

Dann plauderte sie zuckersüß weiter mit ihr. Und Theresa ging auch noch darauf ein.

Luca war verstimmt. Wieso war Theresa wieder so nett zu Vanessa? Sie war doch diejenige gewesen, die bei Theresa um Verständnis gebeten hatte. Vanessa hatte sich bislang in Schweigen gehüllt und sich ganz sicher nicht für ihr Verhalten entschuldigt. Aber offensichtlich hatte ihr Gespräch mit Theresa dazu geführt, dass Theresa wieder mit ihnen beiden versöhnt war, und Vanessa profitierte nun davon! Das war unfair!

Luca hatte keine Lust, mit Vanessa um die Gunst von

Theresa zu kämpfen. Aber dann tat sie es doch. Sie rief Theresa zu: »Übrigens, ich hab die Termine für die Theaterproben. Sie haben nichts dagegen, dass wir zuschauen. Wenn du Zeit hast, können wir ja mal hingehen.«

Theresa wandte sich zu ihr um und freute sich. »Super! Das ist echt toll. Danke!«

Auch Vanessa hatte sich nun zu ihr umgedreht. Triumphierend lächelte Luca Vanessa an. Sie hatte gewonnen.

Am Nachmittag beschloss Luca, in die Stadt zu fahren. Sie wollte aus dem ungeliebten Haus raus. Sie würde Hannah besuchen und sich vielleicht mit Milo treffen. Die Sache mit Milo ließ ihr einfach keine Ruhe. Am meisten ärgerte sie sich jedoch über ihre Reaktion. Wieso war sie so schockiert darüber gewesen, dass Milo eine Freundin hatte? Sie wollte doch nichts von ihm! Na ja, seine Freundschaft. Er fehlte ihr. Und wenn sie wirklich seine beste Freundin war, müsste sie sich für ihn freuen. Aber ein Treffen sollte sie nun besser so lange aufschieben, bis sie sich wirklich für ihn freute. Also, nur Hannah.

Als sie in die Garage ging, um ihr Fahrrad zu holen, war Vanessa bereits dort und machte sich offensichtlich ebenfalls auf den Weg. Luca hatte keine Lust zu fragen wohin, sie wollte kein Interesse an Vanessas Leben heucheln. Ein wenig ärgerte es sie auch, dass Vanessa jetzt das Radfahren für sich entdeckt hatte. Vor Kurzem noch hatte sie die Nase über Luca gerümpft, weil die stets mit dem Rad unterwegs war und inzwischen tat Vanessa so, als hätte sie es erfunden. Dabei wurde sie ja von Britta dazu gezwungen.

Auch Vanessa beachtete Luca nicht, sondern schob ihr Rad zur Straße, stieg auf und fuhr los. Luca trat ebenfalls in die Pedale. Sie fuhr ein paar Meter hinter Vanessa, aber in dieselbe Richtung. Nach einer Weile drehte sich Vanessa um. »Sag mal, verfolgst du mich?«

»Bild dir bloß nix ein! So spannend bist weder du noch dein Leben!«

Vanessa ignorierte diese Antwort.

Luca sagte: »Und um das gleich klarzustellen, da du ja offensichtlich an Verfolgungswahn leidest: Ich fahre in die Stadt.«

»Ich auch.«

»Deshalb sag ich's ja.« Nach einer kurzen Pause meinte Luca: »Du bist ja ganz alleine unterwegs, wo sind denn deine vielen Freundinnen? Hat niemand Lust, was mit dir zu unternehmen?«

»Ich hab ein Date mit Adrian«, gab Vanessa hochmütig zurück.

»Glückwunsch!«, meinte Luca ironisch. »Mit dem dämlichsten Typ der ganzen Schule. Gute Wahl.«

»Du bist doch bloß eifersüchtig.«

»Träum weiter!«

Da Vanessa dazu nichts weiter sagte, fuhr Luca fort:

»Fakt ist: Kein Mädchen mit Selbstachtung würde sich mit so einem Typ abgeben!«

»Nerv mich nicht, halt einfach Abstand.«

Vanessa fuhr schneller, Luca ließ sich zurückfallen, aber da sie geübter im Radfahren war, kamen sie doch fast gleichzeitig in der Stadt an. In der Fußgängerzone stieg sie ab und schob ihr Rad. Vanessa hatte dasselbe getan und lief vorneweg. Als sie in die Nähe der *White Lounge* kamen, blieb Vanessa abrupt stehen.

Luca folgte ihrem Blick und sah, dass Adrian vor dem Sushi-Laden stand, seinen Arm um ein Mädchen gelegt hatte und heftig mit ihr flirtete.

Luca blieb neben Vanessa stehen und drückte ihr mit den Worten »Halt mal« ihr Fahrrad in die Hand.

Verdutzt nahm Vanessa Lucas Rad entgegen. Während Luca auf Adrian zuging, freute sie sich über die Gelegenheit, ihm in die Parade zu fahren, genauso wie er es bei ihr und Milo getan hatte. Sie lächelte, nein, sie würde es noch übler machen. Endlich konnte sie sich rächen.

Noch hatte er sie nicht gesehen, denn er stand mit dem Rücken zu ihr. Luca drängte sich zwischen die beiden, fiel Adrian um den Hals und rief überlaut: »Hi, mein Schatz! Ich hab deine Warzencreme besorgt. Gehen wir jetzt essen?«

Das Mädchen trat angeekelt ein paar Schritte zurück, Adrian war völlig baff. Luca tat so, als würde sie das Mädchen jetzt erst bemerken, und fauchte sie an: »Du hast dich doch wohl nicht etwa an meinen Freund rangemacht?«

Abwehrend hob das Mädchen beide Hände, stammelte: »Nein« und suchte, so schnell sie konnte, das Weite.

Luca ließ Adrian los und funkelte ihn feindselig an.

Adrian hatte sich gefangen und grinste. »Wusste ich's doch, dass du mir nicht widerstehen kannst. Du hast aber eine ziemlich heftige Methode drauf. Daran sollten wir mal arbeiten.«

Er machte den Versuch, seinen Arm um sie zu legen, Luca boxte ihm in den Magen und zischte: »Leg dich nicht mit mir an, Loser!«

Dann ging sie. Strahlend. Vanessa hatte sich und die beiden Räder hinter einen großen Werbeaufsteller eines Schuhladens manövriert, um nicht von ihm gesehen zu werden. Bevor Luca zu ihr hinter den Aufsteller ging, vergewisserte sie sich, dass Adrian ihr nicht nachsah. Doch der war inzwischen in der *White Lounge* verschwunden.

»So!«, meinte sie gut gelaunt zu Vanessa und übernahm wieder ihr Rad. »Schreib ihm, dass du nicht kommen kannst.«

Vanessa schien ziemlich verdattert zu sein und starrte Luca fassungslos an.

Vanessa

Vanessa konnte nicht glauben, was Luca da eben getan hatte. Aber genauso wenig konnte sie glauben, was Adrian getan hatte. Während er auf sie wartete, hatte er ein anderes Mädchen im Arm und flirtete mit ihr? So ein Idiot! Geschah ihm recht, dass Luca ihn so bloßgestellt hatte. Sie riss die Augen auf: Luca hatte sie gerächt! Oh Mann! Wie cool war das denn?!

»Das war eben …«

»'ne gute Show, was?«, strahlte Luca.

»… echt nett von dir«, beendete Vanessa ihren Satz. »Danke.«

Luca war ein wenig verlegen, sie winkte ab und meinte: »Und jetzt schick ihm 'ne WhatsApp mit einer banalen Ausrede, wieso du keine Zeit hast.«

Während Vanessa schrieb, schaute Luca ihr über die Schulter.

Hi, Adrian, sorry, kann nicht kommen, muss meinen Hamster baden.

Luca lachte. »Sehr gut.« Vanessa nickte und biss sich

auf die Lippen. Es war ihr sterbenspeinlich, dass Luca mitbekommen hatte, wie sehr ihr Date schiefgelaufen war.

Würde Luca sich jetzt über sie lustig machen?

Luca schubste sie leicht an und meinte aufmunternd: »Er ist ein Idiot. Vergiss ihn. Und mach dir nix draus. Der hat jetzt sein Fett weg!«

Vanessa schluckte und blickte Luca nachdenklich an. Eigentlich wäre Luca eine prima beste Freundin.

»Und die Sache mit den Monster Trucks muss ich mir jetzt auch nicht mehr antun«, meinte Vanessa.

Luca nickte. »Aber mach das ganz cool und souverän. Keif ihn nicht an oder so.«

Vanessa warf Luca einen tadelnden Blick zu. »Ich keife nie.«

Schon schrieb sie die nächste WhatsApp an Adrian.

Hör mal, wegen Samstag … ich flieg mit meinem Vater nach London, ich kann leider nicht mitkommen. Die Karten könnt ihr euch an der Kasse abholen, sind auf meinen Namen reserviert. Sie hielt inne, sah Luca an und fragte: »Soll ich noch *Viel Spaß* schreiben?«

Luca nickte. »Klar.«

Nachdem sie auf Senden gedrückt hatte, musste sie schlucken.

»Shit!«

»Heul jetzt bloß nicht los, damit kann ich nicht umgehen«, sagte Luca warnend. »Und denk daran, dass du am Wochenende auf Tauchstation gehen musst, damit es nicht auffliegt.«

Vanessa nickte. Luca war gut. Sie dachte an alles.

»Vor allem auch Mona gegenüber«, mahnte Luca.

Vanessa seufzte. »Mona mal zwei Tage nicht zu sehen, wird eine Erholung sein!«

»Beste Freundin, was?«, sagte Luca ironisch.

Auf Vanessas Stirn bildeten sich ärgerliche Falten. »Hast du nicht noch was in der Stadt zu erledigen?«

»Doch!« Luca schnappte sich ihr Rad und ging. Nach drei Schritten blieb sie stehen und drehte sich noch einmal zu Vanessa um.

»Was machst du jetzt?«

Vanessa zuckte die Schultern. »Was wohl? Ich fahr wieder nach Hause.«

Luca zögerte kurz, dann sagte sie: »Wir können auch noch zusammen irgendwo …«

Vanessa war überrascht. Sie wusste nicht genau, wie sie darauf reagieren sollte.

»Ich denke, du hast was vor?« Es klang etwas schroff. Das hatte Vanessa eigentlich nicht beabsichtigt.

Luca nickte. »Hab ich.« Dann fügte sie hinzu: »Und wir sollten jetzt auch nicht übertreiben. Also dann, gute Heimfahrt.«

»Ebenfalls. Wir sehen uns später«, sagte Vanessa und beobachtete, wie Luca im Gewühl der Leute verschwand. Wirklich schade, dass sie Luca nicht leiden konnte.

Britta hatte den Tisch fürs Abendessen gedeckt, sie schien vergnügt, als Vanessa und Luca sich unten einfanden. Gerade war sie am Telefon. »Liebling, wir wollten jetzt zu Abend essen«, flötete sie.

Vanessa und Luca sahen sich enttäuscht an. Liebling? Die Wogen waren offensichtlich wieder geglättet. Britta lachte nun und säuselte weiter. Dann unterbrach sie ihr Gespräch, hielt die Hand vors Telefon und sagte zu den Mädchen: »Nach dem Essen will ich mit euch dreien etwas besprechen, also springt nicht gleich auf.« Danach widmete sie sich wieder ihrem Geflirte am Telefon. Durch das Fenster sah man, wie Paul sein Atelier verließ und zum Haus ging. Ebenfalls am Telefon. Britta eilte zur Haustür, Luca und Vanessa lugten um die Ecke. Auch als Paul im Haus war und die beiden sich gegenüberstanden, telefonierten sie weiter. Gott, wie albern! Die Mädchen zogen sich schnell wieder ins Esszimmer zurück.

»Was will sie denn mit uns besprechen?«, flüsterte Luca.

»Meinst du, wir sind aufgeflogen?«

»Wie denn?«

»Vielleicht hat Hannah was gesagt?«

Luca schüttelte den Kopf. »Nein. Würde sie nie. Aber trotzdem – das gefällt mir nicht.«

Vanessa nickte. »Sie ist zu gut gelaunt, das kann nichts Gutes bedeuten.«

Es herrschte wirklich Frieden zwischen Britta und Paul. Auch während des Abendessens waren die beiden überaus lieb und zuvorkommend zueinander und nur mit sich beschäftigt. Sie beachteten ihre Töchter kaum.

»Das nervt wirklich«, flüsterte Vanessa Luca zu.

»Ich komm mir vor, als wäre ich in einer Doku-Soap gelandet«, schimpfte Luca leise.

Nach dem Essen verkündete Britta: »Jetzt lasst uns ins Wohnzimmer gehen. Wir müssen reden.«

Auch Paul schien von dieser Mitteilung überrascht zu sein. Aber nicht beunruhigt, so wie Vanessa und Luca. Sie folgten Britta ins Wohnzimmer. Britta klopfte neben sich aufs Sofa, um Paul aufzufordern, zu ihr zu kommen. Die Mädchen nahmen auf den gegenüberstehenden Sesseln Platz. Auf dem Couchtisch lagen Hochglanz-Magazine. Britta war bestens gelaunt und sehr aufgeregt. Luca riss entsetzt die Augen auf, als ihr klar wurde, was da vor ihnen lag: Hochzeitsratgeber! Auch Vanessa schnappte ungläubig nach Luft.

»Wir müssen langsam mal anfangen, Entscheidungen zu treffen, was die Hochzeit betrifft«, verkündete Britta fröhlich.

»Wir haben bereits entschieden!«, rief Vanessa ärgerlich.

Luca ergänzte und stellte noch einmal klar: »Wir sind dagegen!«

Bevor Britta dazu etwas sagen konnte, meinte Paul verwundert: »Was gibt es denn da noch zu entscheiden? Wir heiraten und gut ist.«

»Aber nein!« Britta lachte. »Typisch Mann! Wir müssen die Location auswählen, ein Thema finden für die Deko, das Menü zusammenstellen, uns für eine Band entscheiden, die Gästeliste muss besprochen werden, Kleider für die Brautjungfern finden, in unserem Fall für unsere Töchter, und …«, sie machte eine kunstvolle Pause und fuhr dann fort: »Wir müssen mein Hochzeitskleid auswählen.«

Nun fiel auch Paul die Kinnlade runter. »Das klingt nicht nach einer Hochzeit, sondern eher nach einer Krönungszeremonie am Hof.«

Zum ersten Mal wich etwas Enthusiasmus aus Brittas Gesicht. »Paul, das ist so bei einer Hochzeit! Darüber haben wir uns doch schon unterhalten.«

»Wir hatten nie über Details gesprochen, ich dachte immer, es geht nur um den Trauschein.«

Britta war ein wenig irritiert, aber sie bemühte sich um ein Lächeln und erklärte ganz lieb: »Mir geht es um mehr als nur um einen Trauschein! Ich will eine Traumhochzeit! Ein grandioses Fest, mit allem Drum und Dran. Sodass wir uns ewig daran erinnern werden.«

»Also auch ohne Jahrhundert-Party würde ich mich an unsere Hochzeit erinnern«, bot Paul an.

Britta lächelte. »Natürlich«, meinte sie. »Aber weißt du,

bei meiner ersten Ehe habe ich nur standesamtlich geheiratet, und irgendwie war das dann im Nachhinein doch etwas traurig, dass wir das nicht richtig gefeiert haben. Aber wir hatten kein Geld und deshalb kam das auch gar nicht infrage. Diesmal will ich alles anders machen!«

Paul fiel es sichtlich schwer, Britta zu enttäuschen, aber tapfer kämpfte er weiter.

»Hör mal, pompös ist einfach nicht mein Ding.«

Britta schluckte und fragte so freundlich wie möglich: »Was schwebt dir denn vor?«

Inzwischen ignorierten sie die Mädchen. Luca und Vanessa hielten sich mit Zwischenrufen zurück und beobachteten die beiden wie bei einem Tennismatch. Sie waren gespannt, wie es ausgehen würde.

Paul überlegte kurz, dann meinte er: »Etwas Kleines, Unaufwendiges. Nur wir vier. Es geht doch auch nur um uns.« Britta schwieg. Paul setzte nach: »Ich finde es auch nicht gut, so viel Geld dafür auszugeben.«

»Wir haben genug Geld.«

»Du. Ich nicht.«

»Ich würde doch alles zahlen!«

Paul schüttelte den Kopf. »Das ändert für mich nichts. Es ist eine grundsätzliche Sache.«

Nun fiel Britta in sich zusammen und sah Paul ärgerlich an.

»Dann lassen wir es doch. Die Mädchen wollen sowieso nicht, und du ja offensichtlich auch nicht!«

»Nein, Britta, das stimmt nicht. Ich will dich heiraten, aber …«

Britta wartete nicht weiter ab, sondern stand auf und ging.

Paul seufzte und lief ihr nach.

»Das ist wesentlich besser gelaufen, als wir es je hätten planen können. Ich denke, die Sache hat sich erledigt«, meinte Vanessa.

Luca nickte. »Hoffen wir's.«

Vanessa deutete auf die Hochzeitsmagazine vor ihnen auf dem Tisch.

»Obwohl – ein schickes Kleid hätte ich mir schon gerne ausgesucht«, meinte Vanessa. Sie nahm eine der Zeitschriften in die Hand und begann zu blättern. Sie hielt Luca eine Doppelseite mit Brautjungfernkleidern hin.

»Würg!«, meinte Luca. »Nie im Leben würde ich so einen Kitsch-Fummel anziehen. Da sieht man ja aus wie ein Sahnetörtchen.«

Vanessa zog das Magazin weg und verdrehte die Augen. »Wir werden nie auf einen Nenner kommen. Du bist und bleibst ein Unterschichtenkind.«

Luca legte mit einer dramatischen Geste die Hände auf ihr Herz. »Das beruhigt mich wirklich, dass du das sagst. Meine größte Sorge ist nämlich, dass ich so ein arrogantes Posh-Girl wie du werden könnte.« Sie stand auf und ging.

Vanessa schüttelte nur den Kopf. Zumindest hatte sich die Sache mit der Hochzeit erst mal erledigt. Dann war es auch nicht mehr nötig, dass sie und Luca irgendetwas gemeinsam planen mussten.

Luca

Luca hielt es für einen perfekten Zeitpunkt, wieder eine Vater-Tochter-Beziehung mit Paul aufzubauen. Sie war sehr stolz auf ihn, dass er so wacker dagegengehalten hatte bei Brittas peinlicher Hochzeitsplanung. Das brachte ihm Punkte bei ihr ein. Vielleicht war ja doch noch nicht alles verloren und er würde wieder vernünftig werden.

Als Luca aus der Schule zurückkam, ging sie direkt zu Paul ins Atelier.

»Na, wie ernst ist es? Soll ich unsere Koffer packen?«

Paul sah sie verblüfft an. »Was meinst du?«

»Na, der Streit zwischen dir und Britta gestern!«

»Ach so!« Er lachte. »Nein, Koffer packen ist nicht nötig. Wir werden uns schon wieder zusammenraufen. Aber danke für dein Angebot.«

Luca konnte es nicht fassen, hatte Paul sich schon so weit von ihr entfernt, dass er freundliche Unterstützung heraushörte und nicht den heftigen Wunsch danach, wieder auszuziehen?

Paul plauderte fröhlich weiter. »Und jetzt fahren wir ja nächste Woche erst mal zusammen weg, das wird die Wogen glätten.«

»Ihr fahrt weg? Wohin?«

»Britta hat einen Galeristen in Las Vegas gefunden, der meine Bilder ausstellen will. Sie ist wirklich super in ihrem Job. Ich soll bei der Vernissage anwesend sein. Das ist eine große Chance für mich.«

»Was? Amerika? Ohne mich?«

»Es sind nur vier Tage.«

»Aber ohne mich? Wir waren immer zusammen unterwegs!«

»Fröschlein, das holen wir nach. Wir haben auch kurz darüber nachgedacht, euch beide mitzunehmen, aber es ist mitten im Schuljahr. Das verschieben wir lieber auf die Schulferien.«

»Und wir bleiben dann allein hier?«

»Frau Fischer ist ja dann zurück und wird für die paar Tage hier einziehen und sich um euch kümmern.«

»Und du meinst, Britta wird ihren Traum von einer großartigen Hochzeit wirklich aufgeben?«

»Sie weiß, dass ich so etwas auf keinen Fall will, und sie wird mir da entgegenkommen. Ich gehe ja auch Kompromisse ein.«

»Aber das solltest du nicht!«

Paul lachte. »Fröschlein, das Leben ist nicht schwarz und weiß, entweder, oder. Man muss sich annähern.«

»Nein. Man hat Prinzipien und an die muss man sich halten.«

»Machst du das denn?«

»Natürlich!«

Und schon wieder lachte er! Was sollte das? War er etwa anderer Meinung? Jetzt war ihr die Laune auf ein nettes Vater-Tochter-Ding vergangen.

»Es gibt gleich Essen. Ich muss rüber«, sagte sie bloß und ging zur Tür.

»Danke für deinen Besuch, du solltest öfter mal hier vorbeischauen«, rief Paul ihr nach.

Luca drehte sich um. Meinte er das ironisch? Doch Paul lächelte sie an. Verflixt! Sie hatten sich wirklich auseinandergelebt. Paul und sie waren kein Team mehr. Sie war allein. Seufzend ging sie zum Haus. Das war jetzt zwar nicht ganz so gelaufen, wie sie gehofft hatte, aber zumindest war das Thema Hochzeit vom Tisch. Und im Laufe der Zeit würden Britta und Paul sicherlich noch mehr Punkte finden, in denen sie nicht übereinstimmten, und dann die richtigen Schlüsse ziehen und sich trennen. Sie musste nur Geduld haben.

Ob Vanessa schon von dem Trip nach Las Vegas wusste? Sollte sie es ihr erzählen? Nein.

Seit gestern Abend herrschte wieder eisernes Schweigen zwischen ihnen.

Eigentlich schade, denn am Nachmittag in der Stadt hatte es einen Moment zwischen ihnen gegeben, der sich fast freundschaftlich angefühlt hatte. Vanessa hatte ihr leidgetan, wie sie verloren und gedemütigt dastand und so verletzt war. Deshalb hatte sie Vanessa auch im Glauben gelassen, sie hätte diese Adrian-Nummer für sie durchgezogen. Irgendwie kämpfte sich Vanessa auch ziemlich allein durch alles hindurch. Ihre Freundinnen waren nie eine Hilfe für sie, sondern machten ihr Leben nur noch komplizierter. Vanessas Vater kümmerte sich nicht die Bohne um sie, und ihr großer Schwarm Adrian spielte seine Spielchen mit ihr.

Doch gerade als Luca Sympathie für sie entwickelt hatte, da wurde Vanessa wieder richtig zickig.

Wenn sie eine Liste von Lieblingsfeindinnen erstellen würde, stünde Vanessa ganz oben. Sie wäre ihre allerbeste Feindin! BFF – best friends forever, haha. Vanessa war ihre beste Feindin für immer.

Nein, Luca würde sich an Theresa halten, sie mochte Theresa und umgekehrt. Und mit Theresa machte es Spaß, etwas zu unternehmen. Sie hatten viele gemeinsame Interessen und waren ja auch schon für die Theaterproben verabredet. Vielleicht war es doch nicht so übel, eine Freundin zu haben. Und Vanessa würde toben, wenn sie mit Theresa unterwegs war. Luca hielt inne. Verflixt! War das ihre Motivation, sich mit Theresa zu treffen? Um Vanessa wütend zu machen? Das wäre ja furchtbar. Dann hätte sie sich aber wirklich verändert! Nein, das war nicht der Grund für sie, mit Theresa etwas zu unternehmen. Aber es wäre so etwas wie die Kirsche obendrauf. NEIN! So wollte sie gar nicht denken!

Am frühen Nachmittag, eine halbe Stunde bevor sich Luca mit Theresa verabredet hatte, klingelte es an der Haustür. Luca war gerade dabei, den Esstisch abzuräumen. Vanessa lungerte im Wohnzimmer herum und blätterte durch Modemagazine. Irgendwie hatte Luca den Verdacht, dass Vanessa kontrollieren wollte, ob Luca das Haus verlassen würde. Einfach zu fragen kam für die Prinzessin natürlich nicht in die Tüte. Vanessa machte keine Anstalten, sich zu erheben, daher unterbrach Luca ihre Arbeit und öffnete die Tür.

»Ahoi, Luca!«, sagte Theresa fröhlich. »Ich bin zu früh, ich hoffe, das ist kein Problem.«

»Nein, komm rein, ich muss nur noch schnell das restliche Geschirr vom Mittagessen in die Küche bringen.«

»Warte, ich helf dir«, bot Theresa an und lief hinter Luca her. »Ich hab eine Zusammenfassung von *Nathan der Weise* mitgebracht, ich dachte, das können wir uns vorher schon mal durchlesen, dann verstehen wir besser, worum es geht, wenn wir uns die Probe ansehen.«

»Gute Idee«, sagte Luca, obwohl sie das Stück schon kannte.

Dann bemerkte Theresa Vanessa, steckte den Kopf zur offenen Wohnzimmertür rein und rief: »Hi, Vanessa! Hast du schon Mathe gemacht? Das war echt nervig, heute.«

»Mich nervt Mathe immer. Vor allem die Hausaufgaben.«

»Luca und ich gehen zur Theaterprobe. Kommst du mit?«

Luca zuckte kurz zusammen. Wieso bot Theresa das an? Das war ihre Verabredung!

Es dauerte etwas, bis Vanessa antwortete. »Nein danke, keine Lust.«

»Wir nehmen das Stück demnächst in Deutsch durch. Wär doch ganz praktisch, wenn wir es dann schon kennen.«

»Ich lass mich lieber überraschen.«

Theresa lachte.

Luca beeilte sich mit dem Abräumen, dann sagte sie, sodass es Vanessa auch hören konnte: »Lass uns in mein Zimmer gehen, da sind wir ungestört.«

»Wie du meinst. Mir egal«, war Theresas Antwort.

Eine halbe Stunde später machten sie sich auf den Weg. Als sie in der Eingangshalle waren, lief Theresa noch mal schnell ins Wohnzimmer und erkundigte sich erneut bei Vanessa: »Bist du sicher, dass du nicht mit uns kommen willst?«

»Ja.«

»Schade«, meinte Theresa. »Dann bis morgen.«

Als sie draußen waren, fragte Theresa: »Was hat sie denn?«

»Was soll sie haben?«, gab Luca zurück.

»Sie ist etwas merkwürdig.«

»Sie ist immer merkwürdig«, meinte Luca kühl.

Theresa schüttelte den Kopf. »Es ist echt ein Jammer, dass ihr beide euch nicht versteht. Das wäre so superpraktisch, mit einer Freundin zusammenzuleben.«

Luca schnappte nach Luft. Was redete Theresa denn da für einen Unsinn? Aber sie hielt sich zurück und meinte bloß: »Tja, kann man wohl nichts machen.«

Sie wechselte schnell das Thema: »Wenn man überlegt, dass Lessing das Stück vor über 200 Jahren geschrieben hat, das ist schon Wahnsinn, oder?«

»Ja, Nathan wirbt für die friedliche Koexistenz von Judentum, Christentum und Islam und zwei Jahrhunderte später haben wir immer noch dieselben Probleme.«

»Irgendwie ist die Menschheit seit der Aufklärung nicht sehr weit gekommen.«

»Das sollte ich mir gleich aufschreiben, ist bestimmt sehr nützlich bei der Interpretation.«

»Die Inszenierung ist modern, also stell dir da keine Rokoko-Kostüme vor oder so. Und auch die Sprache ist angepasst, hat Susanne erzählt.«

»Ich finde es so toll, dass du das arrangiert hast. Du hast ja noch nicht mal einen Vorteil davon, weil deine Klasse das Stück gar nicht durchnimmt.«

Das sah Luca anders. Der Vorteil für sie war, dass sie endlich mal mit jemandem über ein Thema sprechen konnte, das nichts mit Mode, Jungs oder Geld zu tun hatte.

Durch den netten Nachmittag, den sie mit Theresa hatte, war Luca wieder versöhnt und sehr friedlich, als sie zurück nach Hause kam.

Vanessa war noch immer im Wohnzimmer und beschäftigte sich mit ihrem Handy. Facebook wahrscheinlich, so hielt sich Vanessa auf dem Laufenden, was das Leben ihrer Freunde und Feinde betraf.

Luca verspürte erneut so etwas wie Mitleid. Offensichtlich hatte Vanessa die letzten Stunden einfach nur allein hier gesessen.

Sie ging zu ihr. »Hör mal, du hättest echt mit uns kommen können.«

»Ich hatte Wichtigeres zu tun.«

»Was denn? Der Couch Gesellschaft leisten?«

Vanessa richtete sich verärgert auf. »Bitte?«

»Du hast doch nur hier rumgesessen! So hättest du wenigstens was unternehmen können.«

»Dein almosenhaftes Getue kannst du lassen. Ich bin kein Sozialfall, okay? Ich hab mehr als genug Verabredungen.«

»Na, schön für dich. Noch eine letzte Info und dann stell ich das Reden mit dir ein. Unsere Eltern fliegen nächste Woche wegen einer Ausstellung von Paul nach Las Vegas. Falls Britta dir das noch nicht gesagt hat …«

Vanessas Gesicht zeigte eindeutig Überraschung. Aber dann biss sie die Zähne zusammen und meinte: »Natürlich weiß ich das!«

Vanessa

Das war nun langsam wirklich zu viel für Vanessa. Hatte sich denn die ganze Welt gegen sie verschworen? Wieso wusste Luca, dass Britta und Paul verreisten und sie nicht? Was dachte sich ihre Mutter denn dabei, sie völlig auszuschließen? So etwas sagte man seiner Tochter doch! Oder war das als Überraschung gedacht und sie war miteingeplant? Das schien ihr eine logische Erklärung zu sein. Zu dumm, dass sie Luca nicht danach fragen konnte. Dann fiel ihr ein, dass ja dann auch Luca dabei wäre. Das verdarb ihr die Freude auf der Stelle.

Luca war wirklich gnadenlos! Sie amüsierte sich mit ihrer besten Freundin Theresa, während sie hier allein zu Hause rumsaß! Luca hatte ihr Theresa weggeschnappt. Wer blieb ihr denn jetzt noch?

Annabell hatte sich endgültig auf Delias Seite geschlagen und sprach nur noch mit ihr, wenn Delia nicht in der Nähe war. Und dann auch nur banales Zeug. Zu gemeinsamen Aktivitäten ließ sie sich gar nicht mehr überreden. Delia meldete sich sowieso nie und wenn sie sich sahen, lächelte Delia immer bloß zuckersüß und tat freundlich. Aber Vanessa wusste, was das bedeutete. Das war Delias Art, jemandem ihre Verachtung zu zeigen.

Blieb ihr also nur noch Mona. Na super! Und um Mona bei der Stange zu halten, müsste sie sich nun in die Welt der Kekse und der Schokolade begeben und Interesse heucheln. Nein danke! Von wegen jede Menge beste Freundinnen! Sie hatte niemanden!

Wütend riss sie sich das goldene Armkettchen mit dem BFF-Anhänger vom Handgelenk. Sie hatte es damals für alle gekauft, um ihr gemeinsames Band zu festigen und nach außen hin zu demonstrieren, dass man zusammengehörte. Dann war Luca aufgetaucht und sie stand plötzlich ohne Freundinnen da.

Und nicht zu vergessen die Sache mit Adrian! Das war schon peinlich genug, aber ausgerechnet Luca war Zeugin ihrer Niederlage gewesen! Erschrocken setzte sie sich kerzengerade hin. Würde Luca das weitererzählen? OMG! Aber nach genauerer Überlegung kam sie zu dem Schluss, dass sie so etwas mit ziemlicher Sicherheit nicht tun würde. Und offensichtlich fand Luca Adrian wirklich doof. Das war zumindest schon mal eine Beruhigung.

Aber wie würde es jetzt mit Adrian weitergehen?

Er hatte ihr auf ihre WhatsApp zurückgeschrieben. *London. Cool. Bring mir Orangenmarmelade von Fortnum & Mason mit. Und bade deinen Hamster nicht zu heiß, sonst läuft er ein.*

Das mit dem Hamster hatte sie versucht zu interpretieren. War das ironisch gemeint? Hatte er ihr das etwa geglaubt? Oder hatte er überhaupt nicht weiter darüber nachgedacht und einfach nur etwas Witziges geschrieben?

Die Marmelade stellte kein Problem dar, die konnte sie bestimmt auch online bestellen. Und Vanessa würde sich mit Adrian treffen, sobald sie angekommen war. Moment mal! Wieso sollte sie Adrian überhaupt etwas mitbringen? So wie er sich benommen hatte, hatte er das gar nicht verdient. Wie dreist von ihm, sie überhaupt darum zu bitten. Hatte er denn kein schlechtes Gewissen? Offensichtlich nicht. Hm. Was, wenn das mit dem anderen Mädchen gar nichts zu bedeuten hatte? Könnte doch … seine Cousine oder jemand völlig Harmloses gewesen sein? Man legt ja manchmal den Arm um Leute. Vielleicht hatte sie das einfach nur falsch verstanden? Hatte sie ihm unrecht getan? Er war ja zur verabredeten Zeit an der verabredeten Stelle gewesen. Ein heißer Schreck durchfuhr sie. Oh nein! Sie hatte einen Fehler gemacht! Nein! Nicht sie, sondern Luca! Die war ja gleich losgestürmt und hatte diese dämliche Nummer abgezogen. Verflixt! Wie könnte sie ein neues Treffen mit Adrian arrangieren? Ganz einfach. Sie brauchte diese Orangenmarmelade. Aber diesmal würde sie ihn zu sich nach Hause einladen, da konnte sie sicher sein, dass keine anderen Mädchen lauerten. Ja, ein guter Plan.

Nur musste ihre Mutter ihre Kreditkarte rausrücken, damit sie im Internet etwas bestellen konnte.

Allerdings fiel ihr dann wieder ein, dass diese Taschengeld-Nummer auf keinen Fall funktionieren würde.

Bisher war das problemlos gewesen, wenn sie Geld brauchte, ging sie zu ihrer Mutter und nannte ihr die Summe. Zwar immer mit den Worten: »Gib nicht so viel aus, Vanessa«, aber das war inzwischen nur noch eine Floskel.

Sie musste mit ihrer Mutter reden. Allein. Luca und Paul wollte sie bei diesem Gespräch nicht dabeihaben. Also, wann? Und wie? Ihr blieb keine andere Wahl, sie würde zur Galerie fahren müssen. Das nervte. Aber hey, es war ja für einen guten Zweck. Sie machte sich gleich auf den Weg. Dann konnte sie auch ganz elegant die Sprache auf Las Vegas bringen. Und das sollte Luca auf keinen Fall mitkriegen.

Ihre Mutter fiel aus allen Wolken, als Vanessa in der Galerie auftauchte.

»Ist was passiert?«, fragte sie sofort erschrocken.

»Nein, alles okay. Ich dachte, ich besuch dich mal.«

Britta war verblüfft, stammelte dann aber erfreut: »Das finde ich ja lieb von dir.«

»Ich bin mit dem Rad hier«, fuhr Vanessa fort, um weitere Punkte zu sammeln. »War eine gute Idee von dir, mit dem Fahrradfahren und so.«

Britta strahlte. »Das freut mich wirklich, Vanessa.«

Vanessa begann, durch die Galerie zu wandern und sich die Bilder anzusehen. Britta lief hinter ihr her, noch immer etwas irritiert. Nach einer Weile drehte sich Vanessa zu ihrer Mutter um.

»Nach welchen Kriterien wählst du eigentlich Bilder und Künstler aus?«

»Du interessierst dich für meine Arbeit?«

»Ja. Total. Ich dachte, ich sollte öfter mal zu Ausstellungseröffnungen gehen.«

Das war doch eigentlich eine gute Vorlage für ihre Mutter, ihr nun mitzuteilen, dass sie nächste Woche mit ihr einen Ausflug nach Amerika machte.

»Das wäre toll!«

Mehr sagte sie nicht. Vanessa musste sich bemühen, nicht ungeduldig zu werden. Freundlich arbeitete sie sich weiter vor.

»Wir sollten wirklich mehr gemeinsam unternehmen.«

Britta kam aus ihrer Verblüffung gar nicht mehr raus.

»Sehr gerne!«, rief sie fröhlich. Und brachte wieder nicht die Sprache auf Amerika. Also, das nervte langsam. Oder hatte Luca das mit Las Vegas bloß erfunden?

»Was hältst du davon, wenn wir beide nächste Woche mal ins Kino gehen?«, fragte Vanessa nun lauernd.

»Das ist eine tolle Idee! Aber nächste Woche ist schwierig.«

»Wieso? Nenn mir einen Tag, ich nehme mir die Zeit.«

»Vanessa, ich bin … nächste Woche beruflich unterwegs.«

»Ach? Wie lange?«

»Nur ein paar Tage.«

Langsam verlor Vanessa nun aber die Geduld. Wieso war ihre Mutter so ausweichend?

»Und wo bist du?«

»Ähm, ja, also … in Las Vegas.«

»Super! Da war ich noch nie.«

»Vanessa, Schätzchen, ich … fliege mit Paul. Allein.«

»Was?« Vanessas Überraschung und Enttäuschung waren echt.

»Du hast doch Schule!«

»Ja, aber …«

Schnell sagte Britta: »In den Sommerferien machen wir alle zusammen einen schönen Familientrip. Du kannst dir auch aussuchen wohin.«

»Wieso erfahre ich das jetzt erst?«

»Schätzchen, ich hab zurzeit so viel um die Ohren, ich hab es einfach vergessen.«

Vanessa schwieg. Sie musste erst mal ihre Gefühle sortieren und ihr weiteres Vorgehen überlegen. Ihr Schweigen führte dazu, dass Britta sich weiterhin erklärte und entschuldigte.

»Es sind ja nur vier Tage. Und es ist geschäftlich. Pauls Bilder werden ausgestellt und wir müssen zur Vernissage dort sein.«

Vanessa war enttäuscht und gekränkt. Unter anderen Umständen hätte sie ihrer Mutter nun bittere Vorwürfe gemacht, aber sie musste sich zusammenreißen, denn sie hatte noch ein anderes Anliegen. Aber ein wenig schmollen durfte sie schon, das würde die Sache mit der Kreditkarte leichter machen.

Britta seufzte tief. »Schätzchen, es tut mir wirklich leid.«

»Schon gut«, meinte sie tapfer. Da sie jetzt schlechte Laune hatte, ging sie ihren nächsten Punkt nun ganz offensiv an.

»Ich brauch die Nummer deiner Kreditkarte, ich will Orangenmarmelade bestellen.«

»Ähm ...« Für Britta war der Themenwechsel etwas zu abrupt. »Wir essen doch gar keine Orangenmarmelade.«

»Ist ja auch für ... die Mädels. Ein BFF-Geschenk.«

»Und wieso musst du die bestellen? Orangenmarmelade gibt es in jedem Supermarkt.«

»Aber nicht von *Fortnum & Mason*. Es muss original englische sein.«

Dass Britta das nicht gut fand, merkte man deutlich. Sie war sperrig. »Wie kommst du auf *Fortnum & Mason*?«

»Weil Delia gesagt hat, das sei die weltbeste.«

»Vanessa, also ...«

Sie fiel ihrer Mutter schnell ins Wort und jammerte: »Ich verstehe dich wirklich nicht mehr. Du fährst ohne mich weg und erzählst es mir nicht einmal! Du hast keine Zeit mehr für mich, kümmerst dich nur noch um Paul. Und wenn ich dich um einen winzigen Gefallen bitte, lehnst du ab.«

Das schlechte Gewissen war Britta anzusehen. »Ich hab doch nicht abgelehnt, ich habe nur gedacht …«

»Mam! Es ist schon schwer genug für mich, dass ich dich jetzt mit wildfremden Menschen teilen muss.«

»Wildfremd! Also hör mal …«

»Mam!«

»Okay, Vanessa. Aber ab nächstem Monat ist mit solchen extravaganten Aktionen Schluss.«

Vanessa war zufrieden. Die Voraussetzung für ein weiteres Treffen mit Adrian war eingeleitet. Denn eins war klar: Nach wie vor wollte sie Adrian erobern. Beziehungsweise, ihn dazu bringen, sie zu erobern. Luca würde sicher fragen, wieso ihr das so wichtig war und was sie eigentlich von Adrian wollte. War sie wirklich so sehr in ihn verliebt? Vanessa wusste es nicht so genau. Irgendwie hatte sich die Sache verselbstständigt und inzwischen ging es Vanessa ums Prinzip. Luca würde das wahrscheinlich ziemlich dämlich finden. Blöde Luca! Die hatte doch echt keine Ahnung! Wieso machte sie sich darüber überhaupt Gedanken? Mit der würde sie sowieso kein Wort mehr reden. Sie hatte genug zu tun, sich jetzt alles anzulesen, was man von London wissen musste, damit sie aufregende Geschichten von ihrem

Trip erzählen konnte. Mist, sie musste doch noch mal mit Luca sprechen und sicherstellen, dass sie Theresa nichts erzählte. Sie seufzte. War vielleicht doch keine so gute Idee gewesen, diesen Ausflug mit ihrem Vater zu erfinden. Das war mit echter Arbeit und Komplikationen verbunden.

Luca

Am Wochenende saß Luca auf der Tribüne des schicken Country-Clubs, in dem Theresa Hockey spielte, und sah sich das Spiel von Theresas Mannschaft an. Sie verbrachten inzwischen immer mehr Zeit miteinander und Luca genoss es. Theresa hatte zwar hin und wieder einen Versuch gemacht, auch Vanessa in ihre Aktivitäten mit einzubinden, aber Vanessa hatte stets abgelehnt. Es nagte sichtlich an ihr, dass Luca und Theresa nun befreundet waren.

Als Luca das Haus verließ, um zu Theresas Spiel zu gehen, hatte Luca mit einem provokanten Unterton gesagt: »Wenn du nicht gerade in London wärst, könntest du ja mitkommen.«

»Als ob ich mit dir freiwillig irgendwo hingehen würde. Außerdem hat mich dieser Hockeykram noch nie interessiert. Und denk dran: Ich bin in London! Sag das Theresa.«

»Ganz sicher nicht, ich hab keine Lust, Theresa anzulügen. Das hättest du selbst machen sollen.« Dann räumte sie ein: »Aber wenn sie nicht fragt, muss ich ja auch nicht die Wahrheit sagen.«

»Jetzt stell dich nicht so an. Immerhin erlaube ich dir ja auch, mit meiner besten Freundin Zeit zu verbringen.«

»Was heißt, du erlaubst es? Geht's noch?«

Dann war sie empört aus dem Haus marschiert und hoffte, dass Theresa sie nicht nach Vanessa fragen würde. Tat sie auch nicht. Auf der Fahrt zum Spiel war Theresa damit beschäftigt gewesen, Luca die wichtigsten Hockeyregeln zu erklären.

Sport hatte in Lucas Leben bisher keine Rolle gespielt. Da sie tagtäglich mit dem Rad unterwegs war, war das genug Bewegung.

Aber sie folgte sehr interessiert dem Hockeyspiel. Leider verlor Theresas Mannschaft, das schien jedoch kein großes Thema zu sein. Man nahm es sportlich.

Nach dem Spiel wartete Luca auf ihre Freundin. Als die aus der Umkleide rauskam, erkundigte sich Theresa gleich, wie es ihr gefallen hatte.

»War echt cool.«

»Vielleicht hast du ja Lust, auch zu spielen?«

Luca riss etwas entsetzt die Augen auf. »In einer Mannschaft?«

»Na ja, also *allein* Hockey zu spielen macht nicht so viel Sinn.«

»Ich bin kein Typ für Vereine und Mannschaften und so.«

»Da müsstest du dich ja unterordnen, was?«, grinste Theresa.

Luca nickte. »Auf den Punkt getroffen.«

»Ich werde mit ein paar Mädchen aus der Mannschaft hier im Club-Restaurant noch Pizza essen. Kommst du mit?«

Luca machte ein leidendes Gesicht.

»Die sind echt nett«, versicherte ihr Theresa. »Sei mal offen für neue Erfahrungen.«

Theresa hatte recht, die Mädchen waren wirklich alle okay, was Luca verblüffte, das hätte sie nicht erwartet, in diesem Schickimicki-Club. Vielleicht lag es ja daran, dass diese Mädchen sich für Sport und weniger für Mode, Make-up und Designer interessierten. Vielleicht war Vanessa ja nicht die Norm, sondern die Ausnahme.

Als sie dann zusammen nach Hause fuhren, fragte Theresa: »Und?«

»Es war echt supernett. Erstaunlicherweise.«

Theresa lachte. »Es geht doch nichts über gepflegte Vorurteile, nicht wahr?«

»Na, hör mal, wenn man mit einer Vanessa zusammenlebt, dann ist das doch kein Wunder.«

»Was macht sie denn heute? Ich hatte sie auch eingeladen zu kommen.«

Verflixt! Jetzt hatte sie selbst das Thema Vanessa aufgebracht.

»Sie ist …« Luca zögerte, doch dann entschied sie sich, Vanessa den Gefallen zu tun und sagte: »In London.«

Es war ihr unangenehm. Um weitere Fragen wegen London zu vermeiden, erkundigte sie sich: »Ist Vanessa kein Mitglied in dem Club?«

»Doch. Aber nicht wegen des Sportangebotes. Sie kommt nur im Sommer, um sich an den Pool zu legen.«

Ja, das passte. Luca grinste.

Sie waren schon fast zu Hause, da sagte Theresa: »Du wolltest mir doch noch diesen Gürtel leihen. Der mit dem Krokodil als Schnalle. Ich komm kurz mit rein, dann kannst du ihn mir geben.«

»Klar!« Luca nickte, doch dann fiel ihr Vanessa ein. »Oder … ich bring ihn dir rüber.«

»Ist nicht nötig, ich komm schnell mit.«

»Also, das ist vielleicht etwas schwierig …«

Theresa blickte Luca erstaunt an. »Wieso schwierig?«

Nun war Luca eine Ausrede eingefallen: »Ich weiß gerade nicht, wo er ist.«

Theresa schien ihr das nicht wirklich abzunehmen. Sie zuckte mit den Schultern und meinte etwas dünn: »Du musst ihn mir nicht leihen. Aber du hattest es selbst angeboten.«

»Nein, das hat nichts damit zu tun, es ist nur …«

Theresa unterbrach sie. »Hey, du schuldest mir keine Erklärung. Ist in Ordnung.«

Aber so ganz schien es nicht in Ordnung zu sein. Theresa war auf einmal sehr wortkarg.

Als sie sich vor dem Haus verabschiedeten, blickte Theresa plötzlich erstaunt zur Villa und darauf deutete zum Fenster. Luca folgte ihrem Blick. Durch das Wohnzimmerfenster sah man Vanessa im Zimmer herumlaufen.

»Ich denke, sie ist in London?«, sagte Theresa.

»Ähm ... ja, schon, aber ...« Luca wusste nicht weiter.

»Wieso erzählst du denn so was?«

Luca schwieg weiterhin.

»Deshalb wolltest du nicht, dass ich mit ins Haus komme!«

Luca seufzte, Theresa schien verärgert. Sollte sie versuchen, sich rauszureden? Nein. Sie entschied sich für die Wahrheit. Während sie es Theresa erklärte, fiel ihr auf, wie dämlich die ganze Sache eigentlich war.

Theresa schüttelte verständnislos den Kopf. »Sie macht sich ihr Leben wirklich unnötig schwer. Und du hilfst ihr dabei auch noch.«

»Na, hör mal, ist doch wohl klar.«

»Ich dachte, du kannst sie nicht leiden?«

»Kann ich auch nicht, aber trotzdem ...«

»Trotzdem bist du nett zu ihr.«

»Nur manchmal.«

»Ihr habt wirklich eine sehr komplizierte Beziehung.«

Luca nickte, dann lächelte sie. »Also, eigentlich kannst du jetzt auch noch gerne mit reinkommen und ich gebe dir den Krokodil-Gürtel.«

Als sie das Haus betraten, war Vanessa gerade auf dem Weg nach oben. Am Treppenabsatz drehte sie sich um. Entsetzt riss sie die Augen auf und fauchte Luca an: »Was soll das denn?«

Luca winkte ab. »Reg dich nicht auf, Theresa weiß Bescheid.«

Doch das beruhigte Vanessa ganz und gar nicht. Im Gegenteil. Nun tobte sie: »Das ist ja noch schlimmer! Wie kannst du mein Vertrauen so missbrauchen! Du hattest eindeutige Anweisungen …«

Luca fiel ihr ins Wort. »Sag mal, was ist los mit dir? Du hast mir keine Anweisungen zu geben. Ich mach das, was ich für richtig halte.«

»Und du hältst es für richtig, überall hinauszuposaunen, dass ich gar nicht mit meinem Vater in London bin?«

Theresa mischte sich ein und versuchte, die Wogen zu glätten. »Vanessa, sie hat es doch nicht rausposaunt! Luca hat mir erzählt, du wärst in London. Sie hat für dich gelogen.«

»Aber dann hat sie es sich anders überlegt oder was?«

»Nein. Na ja. Doch. Aber erst, als ich dich hab rumlaufen sehen. Von draußen, durchs Fenster. Da hat sie mir gestanden, was los ist. Also, ich finde, du solltest nicht sauer auf Luca sein.«

Nun plusterte sich Vanessa empört auf. »Du bist ja eine tolle Freundin! Vielen Dank! Stellst dich gegen mich und nimmst Luca in Schutz! Auf wessen Seite stehst du eigentlich?«

»Vielleicht auf der Seite der nicht völlig Durchgeknallten und Hysterischen!«, rief Luca dazwischen.

Theresa versuchte immer noch, ruhig und vernünftig zu reden. »Ich bin auf keiner Seite!«

Luca deutete auf Theresa und sagte zu Vanessa. »Hast du das eben gehört? Also komm mal wieder runter!« Dann wandte sie sich an Theresa: »Tut mir echt leid, dass sie sich so aufführt und so unverschämt zu dir ist.«

»Du kannst dir sparen, dich für mich bei Theresa zu entschuldigen! Du kennst sie ja kaum. Theresa und ich, wir sind Freundinnen von klein auf. Und im Übrigen ist es total jämmerlich, wie du dich bei ihr einschleimst!«

»Das hab ich gar nicht nötig. Vielleicht verbringt sie ja lieber ihre Zeit mit mir als mit dir.«

»Träum weiter! Sie hat nur Mitleid mit dir.«

Nun ergriff Theresa das Wort. »Wisst ihr was? Mir reicht das jetzt! Wenn ihr euch wegen mir so angiftet, ist es vielleicht am besten, wenn ich mit keiner von euch beiden mehr befreundet bin.«

Sie drehte sich um und ging. Vanessa und Luca sahen ihr überrascht hinterher.

Dann wandte sich Luca Vanessa zu und schrie: »Toll! Jetzt hab ich wegen dir eine Freundin verloren!«

»Es war sowieso nicht deine Freundin, sondern meine!«, fauchte Vanessa zurück und rannte nach oben.

Vanessa

Vanessa hatte nicht vor, sich mit Luca zu versöhnen. Sie fuhren nicht mehr gemeinsam zur Schule, sondern in gebührendem Abstand hintereinanderher. Auch Theresa legte den Schulweg nun allein zurück.

Daher hielt Vanessa sich an Mona. Und um sich Monas Gunst zu erhalten, verbrachte sie ihre Nachmittage damit, mit Mona Pralinen herzustellen. Teils freiwillig, teils deshalb, weil Mona sie darauf hingewiesen hatte, dass bei der Pralinen-Herstellung ihre Mehl-Allergie kein Problem sei. Gemeinsam legten sie ein Pralinenbuch an, Mona diktierte ihr die Rezepte, Vanessa schrieb, weigerte sich jedoch, die Seiten anschließend auch noch mit kleinen Zeichnungen zu verzieren. Das ging dann doch etwas zu weit.

Vanessa litt. Als sie sich dabei erwischte, dass sie anfing, freiwillig Rezepte für Mona zu sammeln, erschrak sie. Das war ja regelrecht deprimierend! Nein, so wollte sie nicht enden, ihre ganze Coolness ging flöten!

Ihre Mutter und Paul waren abgereist. Zwischen ihr

und Luca herrschte absolute Funkstille. Vanessa stellte fest, dass es ihr schwerfiel, nicht mit Luca zu reden. Irgendwie hatte sie sich mittlerweile daran gewöhnt, dass Luca da war, und es kostete sie einiges an Konzentration, Luca zu ignorieren. Daher mied sie es, mit Luca in einem Raum zu sein.

Nur beim Abschied ihrer Eltern hatten sie und Luca kurz nebeneinander an der Tür gestanden und gewunken. Dann hatte sich jede wieder auf ihr Zimmer zurückgezogen.

Frau Fischer hatte die Unstimmigkeit zwischen den Mädchen natürlich bemerkt und versuchte immer wieder zu vermitteln, jedoch ohne Erfolg. Danach hatte sie sich darauf beschränkt, gelegentlich »Was für ein Jammer« zu stöhnen.

Luca hatte sich im Haus nützlich gemacht und war Frau Fischer zur Hand gegangen. Vanessa fand das empörend. So eine dämliche Streberin! Luca wollte sich wohl unbedingt bei ihrer Haushälterin beliebt machen. Aber unter Garantie nur deshalb, weil sie Vanessa schlecht dastehen lassen wollte.

Luca war so hinterhältig!

Der blöde Adrian hatte sich nicht mehr bei ihr gemeldet. Mochte er sie nun oder nicht? Wieso schlich er sich mit ihr bei Mona aus dem Haus, stellte dann aber die Kommunikation ein? Immer wenn sie sich trafen, war er supernett zu ihr, tat so, als fände er sie gut, verabredete sich mit ihr, aber ob sie kam oder nicht, schien ihm dann doch egal zu sein. Er rief sie nie an, sondern reagierte nur, wenn sie sich meldete. Er bemühte sich einfach nicht um sie. Vanessa wurde nicht schlau aus ihm. Sie wusste, dass er keine feste Freundin hatte und dass er sich jedem Mädchen gegenüber so benahm. Aber das war natürlich kein Trost. Sie wollte anders behandelt werden, sie wollte das besondere Mädchen für ihn sein. Langsam verlor sie wirklich die Geduld.

Was würde sie jetzt tun? Am besten abwarten, bis die Orangenmarmelade aus England da war und dann neu überlegen.

»Besuch!«, rief Frau Fischer durchs Haus. Dann noch einmal und etwas lauter: »Vanessa! Luca! Es ist Besuch für euch da!«

Luca war auf dem Weg zur Treppe, Vanessa beeilte sich, die Stufen schneller zu erreichen und vor ihr hinunterzugehen.

In der Eingangshalle stand Theresa.

»Was gibt's?«, fragte Vanessa misstrauisch. Dann besann sie sich und wurde freundlich. »Hey, schön, dich zu sehen. Gehen wir in mein Zimmer?«

»Ich will mit euch beiden reden«, sagte Theresa. Das gefiel Vanessa nicht besonders.

Im Gegensatz zu Frau Fischer, die sofort vorschlug: »Setzt euch an den Tisch, ich bring euch Tee und Kekse.«

Theresa lächelte Frau Fischer an. »Das ist lieb. Danke.« Sie ging ins Esszimmer. Vanessa und Luca folgten ihr.

Als sie saßen, begann Theresa: »Also, in den letzten Tagen hab ich mir noch mal Gedanken gemacht. Ich finde es ziemlich blöd, dass wir nicht mehr miteinander reden und getrennt zur Schule fahren, wo wir doch denselben Weg haben.«

Vanessa wollte etwas einwerfen, doch Theresa hob schnell die Hand und stoppte sie. »Nein, lass mich erst zu Ende reden, sonst komm ich aus dem Konzept. Ich hab mir nämlich genau überlegt, was ich sagen will.«

Vanessa schloss ein wenig beleidigt den Mund, fügte sich aber.

»Ich finde es ziemlich anstrengend, nicht mit euch zu reden. Ich muss mich ständig konzentrieren, dass ich nicht aus Versehen etwas zu euch sage oder etwas frage. Das mit dem Ignorieren kriege ich einfach nicht so gut hin.«

Luca nickte bestätigend, Vanessa machte ein etwas gelangweiltes Gesicht. Worauf sollte das denn hinauslaufen? Aber sie hielt brav den Mund.

»Deshalb wollte ich euch einen Vorschlag machen«, fuhr Theresa fort.

Vanessa zog eine Augenbraue in die Höhe und lauschte gespannt.

»Ich mag euch beide und möchte gerne mit euch befreundet sein. Ich weiß nicht, wie ihr das seht …«

»Das ist überhaupt keine Frage«, meinte Vanessa sofort. »Schließlich sind wir zwei ja seit ewigen Zeiten befreundet!« Bei diesem Satz warf sie Luca einen triumphierenden Blick zu.

Theresa wandte sich fragend an Luca.

Mit Blick zu Vanessa antwortete Luca: »Ich kann, was die Zeit angeht, da zwar nicht mithalten …«, dann sah sie Theresa an, »… aber mir hat es immer superviel Spaß gemacht, mit dir was zu unternehmen.«

»Okay.« Theresa nickte. »Dann hätten wir das ja schon mal geklärt. Also: weiterhin Freunde?«

Luca und Vanessa bestätigten das durch ein Nicken.

Doch Theresa war noch nicht am Ende: »Aber das setzt voraus, dass ihr beide auch friedlich miteinander umgeht.«

Das kam nun etwas überraschend. Vanessa riss erstaunt die Augen auf. Wie sollte das denn gehen? Luca war schließlich ihre Erzfeindin.

Auch Luca schien ganz und gar nicht begeistert zu sein. »Wir könnten uns doch abwechselnd treffen?«, schlug Luca als Kompromiss vor.

»Nein. Zu dritt oder gar nicht.«

Vanessa fand den Vorschlag idiotisch, daher versuchte sie zu verhandeln: »Ich weiß nicht, wieso ich bestraft werden soll. Meine Schuld war es nicht, denn ich hab den Stress nicht angefangen. Luca ist die, die ständig dreiste Bemerkungen macht.«

Luca drehte sich empört zu Vanessa. »Entschuldige mal, ich reagiere bloß auf dich. Du bist diejenige, die rumzickt.«

»Ich zicke nicht rum! Alles war perfekt in meinem Leben, bis du hier aufgetaucht bist!«

Theresa hielt beide Hände in die Höhe und rief: »Stopp! Hört auf! Das will ich alles jetzt gar nicht hören.«

Vanessa kostete es etwas Mühe, nichts mehr zu sagen. Aber da sie ja das letzte Wort gehabt hatte, schwieg sie.

Luca schien mit sich zu kämpfen, meinte dann aber schließlich: »Okay.«

Theresa sah nun beide streng an. »Ihr müsst euch nur überlegen, ob ihr weiterhin mit mir befreundet sein wollt oder nicht.«

»Natürlich«, sagten Luca und Vanessa gleichzeitig, was Vanessa etwas ärgerte.

»Super!« Theresa strahlte. »Aber eben unter der Bedingung: Ihr beide hört auf, euch zu streiten und euch ständig anzuzicken.«

Nein, der Vorschlag gefiel weder Vanessa noch Luca. Aber da Vanessa in den letzten Tagen eine Überdosis Mona gehabt hatte, nickte sie schließlich und sagte versöhnlich: »Wir können es ja mal versuchen.«

Auch Luca nickte. »Ich werde mir Mühe geben.«

Theresa strahlte. »Hey, toll! Ich freu mich wirklich!«

Frau Fischer hatte inzwischen Tee und Kekse gebracht.

Es herrschte noch eine etwas befangene Atmosphäre, nur Theresa schien sich wohlzufühlen. Sie plauderte gut gelaunt und schlug dann vor: »Wir sollten mal was unternehmen; Dinge tun, die wir noch nie gemacht haben.«

Luca fragte: »Im Haushalt helfen? Kleider tragen, die *nicht* von einem Designer sind? Uns in Bescheidenheit üben?«

Vanessa verdrehte die Augen, Luca fand das wohl witzig. Als Theresa Luca einen tadelnden Blick zuwarf, war Vanessa sehr zufrieden.

Luca fuhr unbeirrt fort. »Oder denkst du da an Sachen wie Delfine retten oder für Weltfrieden zu sorgen?«

»Lass uns eine Nummer kleiner anfangen«, lachte Theresa. »Wie wär's mit Kart fahren?«

Vanessa fragte erstaunt: »Kart? Du meinst diese kleinen Autos, mit denen man auf einer Bahn im Kreis herumfährt?«

»Genau.«

»So was haben wir ja noch nie gemacht!« Vanessa war alles andere als begeistert.

»Eben! Was meinst du, Luca?«

»Super.«

Doch Vanessa war noch nicht zufrieden. »Wie kommst du denn auf so eine Idee?«

»Meine kleinen Brüder waren letzte Woche auf der Kartbahn und waren total hin und weg.«

»Klar, sind ja auch Jungs«, meinte Vanessa ohne große Euphorie. »Und was zieht man da an?«

Luca verbiss sich eine Bemerkung, was ihr ein anerkennendes Nicken von Theresa eintrug.

»Was Bequemes. Jeans, Sneakers, T-Shirt, Pulli, so was in der Art«, sagte Theresa.

Zögernd nickte Vanessa. An Kartfahren hatte sie null Interesse. Aber sie wollte zum einen nicht, dass Theresa und Luca allein gingen, und zum anderen dachte sie, sie sollte guten Willen zeigen. Denn sie war froh darüber, dass Theresa doch so viel daran lag, wieder mit ihr befreundet zu sein. Dass es auch Luca einschloss, passte ihr zwar nicht, aber gut. Sie würde erst mal mitspielen und sehen, wie es sich entwickelte.

»Also, wollen wir in einer Stunde los?«, fragte Theresa aufgekratzt.

Vanessa fühlte sich etwas überrumpelt. Aber da Luca nickte, nickte sie ebenfalls.

»Ich ruf schnell noch Mona an«, sagte Theresa, als sie aufstand.

»Och nee«, stöhnte Vanessa.

»Was hast du denn jetzt gegen Mona?«, fragte Theresa ein klein wenig ungehalten.

»Nichts!«, rief Vanessa schnell. »Es ist nur …«

Theresa ersparte ihr eine weitere Ausführung und sagte freundlich: »Na komm, Mona ist doch ganz lieb. Sie tut niemandem was.«

»Okay, hast recht«, gab Vanessa nach. Weil sie aber doch noch einen kleinen Sieg davontragen wollte, fügte sie schnell hinzu: »Aber nicht auch noch Delia und Annabell.«

»Also ich weiß nicht, ob du das mitgekriegt hast, aber die beiden haben sich schon länger aus unserer Gruppe verabschiedet«, grinste Theresa.

»Hab ich mitgekriegt. Und das find ich eigentlich ganz und gar nicht okay.«

»Weil du sie so wahnsinnig gernhast?« Theresa klang ironisch.

»Nein, weil wir ausgemacht hatten, dass wir BFFs sind. Und sie ziehen sich einfach zurück und lassen uns hängen.«

Luca hatte die ganze Zeit schon ein spöttisches Gesicht gezogen.

Theresa sah sie warnend an, doch Luca hob die Hände. »Ich sag nichts. Ich bin ganz brav.«

Theresa wandte sich wieder an Vanessa. »Ich weiß. Aber dann war die Freundschaft womöglich doch nicht so intensiv, wie alle Beteiligten dachten. Manchmal entwickelt man sich ja auch auseinander. Und niemand ist daran schuld. Ist einfach so.«

Vanessa zuckte mit den Schultern. »Na, ehrlich gesagt, leg ich auch keinen großen Wert mehr auf die beiden. Also, lass uns Mona anrufen und fragen, ob sie mitkommt.«

Nachdem Theresa gegangen war, drehte sich Vanessa zu Luca um. »Hör mal, das heißt jetzt nicht, dass wir Freundinnen sind!«

»Himmel! Natürlich nicht.«

Vanessa grinste ein wenig. »Hat dich ganz schön viel Mühe gekostet, nicht deine dummen Bemerkungen zu machen, was?«

»Allerdings. Und nicht dass du das falsch verstehst: Ich hab mich wegen Theresa zurückgehalten.«

»Schon klar. Wir bleiben beste Feindinnen.«

Luca nickte. »In dem Punkt sind wir uns einig.«

Luca

Eigentlich war Luca Theresa dankbar für ihre Initiative. Theresa, der Friedensengel, haha. Auch wenn sie jetzt Vanessa immer an der Backe hatte, war es trotzdem besser, als ganz allein zu sein.

Mona fügte sich gut ein, sie war wirklich unkompliziert. Mit ihrer Süßigkeiten-Macke und ihrer naiven Art konnte man auch ganz gut leben. Was Luca nur wunderte, war, dass Mona offensichtlich gar nicht aufgefallen war, dass Delia und Annabell nicht mehr dabei waren. Vielleicht war es Mona aber auch egal und sie fand es nicht weiter erwähnenswert. Mona hatte eigentlich eine sehr entspannte Haltung zu Dingen; sie nahm alles so, wie es eben kam, sie regte sich nie auf. Auch eine interessante Methode, durchs Leben zu gehen.

Der Waffenstillstand zwischen ihr und Vanessa hielt an und hatte dazu geführt, dass sie sich wieder über ihr eigentliches Problem unterhalten hatten: Britta und Paul. Sie hatten beschlossen, aufzuhören mit den zwar geschickten, aber doch erfolglosen Versuchen, die beiden auseinanderzubringen, sondern ihnen schlicht und ergreifend noch einmal unmissverständlich mitzuteilen, dass sie nicht mit der Lebensplanung ihrer Eltern einverstanden waren. Sie würden ihnen ein Ultimatum stellen. Wenn sie ihre Töchter nicht verlieren wollten, mussten sie sich trennen. Es gab keinen Weg, zusammenzuleben. Nachdem die beiden sich wegen der Hochzeit nicht einigen konnten und es da schon kriselte, würden sie vielleicht einsehen, dass sie mit ihren Vorstellungen zu weit auseinanderlagen.

Vanessa hatte ein Paket einer Londoner Firma bekommen mit vier Gläsern Orangenmarmelade. Sie packte es aus, als Theresa, Mona und sie gerade am Esstisch saßen und Hausaufgaben machten. Das war ein Vorschlag von Mona gewesen, die auch ganz unumwunden zugegeben hatte, dass sie dann von Theresa und Vanessa abschreiben konnte. Luca fühlte sich zwar etwas ausgeschlossen, weil sie ja in einer anderen Klasse war, aber da sie mit dem Unterrichtsstoff schon etwas weiter waren, konnte sie den anderen oft helfen. Das gab ihr ein Gefühl der Überlegenheit. Oder sollte es besser ein Gefühl der Hilfsbereitschaft und Freundschaft sein? Egal.

Vanessa betrachtete die Gläser eine Weile nachdenklich. Luca wusste, dass sie die Marmelade für Adrian bestellt hatte, und wunderte sich daher, als Vanessa sie freizügig an sie verteilte. Mona bekam gleich zwei Gläser. Nun hatte sie keine Marmelade mehr für Adrian. Hatte sie endlich eingesehen, dass der Typ nichts taugte? Vor den beiden anderen wollte sie Vanessa allerdings nicht darauf ansprechen. Vielleicht sollte sie auch überhaupt nichts dazu sagen, sonst würde sich Vanessa wieder aufregen.

Luca hatte festgestellt, je weniger sie zu Vanessa sagte, desto weniger bekamen sie Streit. Und in der Gruppe funktionierte es auch wirklich sehr gut. Wenn sie zu viert zusammen waren, lief es immer sehr harmonisch ab.

Mona freute sich riesig über die Marmelade. »Wie cool ist das denn?!«, rief sie. Dann strahlte sie. »Wisst ihr was? Wir könnten doch auch mal zusammen Marmelade kochen!«

Theresa nickte. »Ja. Wir könnten sie in hübsche Gläser füllen, basteln Etiketten dafür und verschenken sie dann.«

Luca und Vanessa tauschten einen Blick. Sie waren beide nicht sehr begeistert von der Idee. Aber um des neuen Friedens willen und um die Harmonie der Gruppe nicht zu stören, sagten sie: »Klar, wieso nicht?«

Meine Güte! Das hätte sich Luca auch nicht träumen lassen, dass sie mal als Freizeitaktivität Marmelade kochen würde. Aber für Vanessa war das sicher noch viel schlimmer als für sie. Das tröstete sie ein wenig.

Am Nachmittag, als Britta und Paul zurückkommen sollten, hatten Luca und Vanessa noch einmal genau abgesprochen, wie sie vorgehen wollten. Ganz ruhig, sachlich, aber bestimmt würden sie ihnen mitteilen, dass die beiden gern eine Beziehung haben konnten, aber auf keinen Fall würde man weiter unter einem Dach leben. Sie wollten eine räumliche Trennung. Wenn die Beziehung nach einem Jahr immer noch bestand, könnte man über ein neues Arrangement sprechen. Das war ein wirklich faires Angebot. Und da Luca und Vanessa ja schon miterlebt hatten, wie oft es Reibereien und Meinungsverschiedenheiten zwischen den beiden gab, konnte man davon ausgehen, dass diese Beziehung kein Jahr halten würde.

Britta und Paul waren bestens gelaunt, als sie ankamen. Britta küsste und herzte die Mädchen und behauptete sogar, dass sie sie vermisst habe. Dann gab sie ihnen zwei kleine Geschenke. Woraufhin Luca sich ein wenig schlecht fühlte.

Es wäre leichter, wenn Britta nicht so nett zu ihnen wäre. Aber egal. Sie würden sich stur an ihren Plan halten.

»Wir dachten, wir trinken erst mal zusammen Kaffee«, sagte Luca und deutete ins Esszimmer. Sie hatten den Tisch gedeckt, Mona hatte Muffins und Cupcakes für sie gebacken.

Britta war begeistert. »Das ist ja so lieb von euch«, rief sie. »Lasst uns nur schnell die Koffer abstellen, uns etwas frisch machen und dann setzen wir uns gemütlich hin.«

Die Verzögerung machte die beiden etwas nervös. Vanessa hob das kleine Päckchen in die Höhe. »Sollen wir es aufmachen?«

»Lieber nicht. Wenn es was Supertolles ist, haben wir ein schlechtes Gewissen und sagen womöglich nicht, was wir sagen wollen.«

»Soll ich reden oder willst du?«

»Du. Wenn du in Schwierigkeiten kommst, spring ich ein.«

»Okay.« Dann musterte sie wieder das Päckchen. »Was da wohl drin ist?«

»Egal. Und lass es bloß zu. Denn wenn sie sauer auf uns sind, können wir ihnen die Geschenke ungeöffnet zurückgeben. Das ist 'ne eindeutige Geste.«

Vanessa war einverstanden.

Als sie alle am Tisch saßen, gab Luca Vanessa ein Zeichen.

»Wir möchten euch etwas mitteilen«, sagte Vanessa daraufhin.

Britta strahlte. Hörte sie den ernsten Ton in Vanessas Stimme nicht?

»Wir müssen euch auch etwas mitteilen«, sagte Britta und wirkte dabei etwas kicherig. Auch Paul hatte ein verschmitztes Lächeln auf dem Gesicht, das Luca nicht gefiel.

»Wir zuerst«, sagte Luca. Doch bevor sie auch nur ein Wort sagen konnte, hielt Britta den beiden ihre Hand entgegen. Nachdem weder Luca noch Vanessa reagierten, zog Britta Pauls Hand neben ihre Hand. Was sollte das?

Dann riss sie die Augen auf. Und im selben Moment, als Luca erkannte, dass beide einen goldenen Ring am Ringfinger trugen, rief Britta: »Wir haben geheiratet!«

Luca und Vanessa fielen aus allen Wolken. Das Entsetzen stand ihnen ins Gesicht geschrieben, aber Britta berichtete fröhlich weiter.

»Es war eine total spontane Idee. Paul hatte den Vorschlag gemacht. Las Vegas ist ja perfekt dafür!« Sie lachte. »Ich glaube, er hatte wirklich Angst vor der Hochzeit, die ich geplant hatte. Und ich dachte, wieso nicht? Wenn ich einen Künstler heirate, muss ich mich von meinen traditionellen Vorstellungen lösen und auch mal etwas Verrücktes tun.«

Verliebt sah sie den Ring an ihrer Hand an. Paul legte den Arm um Britta und sie schmiegte sich an ihn. Dann sahen sie Luca und Vanessa abwartend an. Den beiden hatte es die Sprache verschlagen.

»Okay«, meinte Britta. »Ihr seid nicht sehr begeistert, aber …«

Paul beendete ihren Satz: »Mit der Zeit werdet ihr euch daran gewöhnen und …«

»Und jetzt packt mal euer Geschenk aus!«, übernahm Britta.

Die Mädchen gehorchten wie auf Autopilot.

Luca und Vanessa hatten genau das Gleiche bekommen: ein goldenes Armband, mit einem Herzanhänger, auf dem eingraviert war: *Sisters are forever friends*

Hortense Ullrich:
Best Friends Forever
Luca & Vanessa: Ziemlich beste Feindinnen
ISBN 978 3 522 50475 1

Einbandgestaltung: Carolin Liepins
Innentypografie: Tanja Haaf
Reproduktion: HKS-Artmedia GmbH
Druck und Bindung: CPI books GmbH, Leck

FSC www.fsc.org
MIX
Papier aus verantwortungsvollen Quellen
FSC® C083411

Bei den Gallagher Girls geht es explosiv weiter

Ally Carter
Gallagher Girls
Spione lieben gefährlich

320 Seiten · Broschur · Band 5
ISBN 978-3-522-50468-3

Cammies Gedächtnis ist wie leergefegt! Dass sie die Gallagher Akademie verlassen hat, um ihre Familie und Freunde vor dem Cavan-Zirkel zu schützen, ist das Letzte, woran sie sich erinnern kann. Doch als sie in einem Kloster in den Alpen erwacht, sind mehrere Monate vergangen und ihr wird klar: Zusammen mit ihren Freunden muss sie ihre eigenen Spuren rund um die Welt verfolgen, um herauszufinden, was geschehen ist. Doch der Cavan-Zirkel ist Cammie bereits dicht auf den Fersen ...

Außerdem erhältlich:

Spione küsst man nicht
304 Seiten · Band 1
ISBN 978-3-522-50331-0

Mädchen sind die besseren Spione
256 Seiten · Band 2
ISBN 978-3-522-50332-7

Auch Spione brauchen Glück
272 Seiten · Band 3
ISBN 978-3-522-50333-4

Mit Spionen spielt man nicht
288 Seiten · Band 4
ISBN 978-3-522-50334-1